Renate Seitz

VERGESSEN

Gesellschaftskritische Biografie

Impressum

FSC
www.fsc.org
MIX
Papier aus ver-
antwortungsvollen
Quellen
Paper from
responsible sources
FSC® C105338

Bibliografische Information der Deutschen Nationalbibliothek:
Die Deutsche Nationalbibliothek verzeichnet diese Publikation in der
Deutschen Nationalbibliografie; detaillierte bibliografische Daten sind
im Internet über http://dnb.dnb.de abrufbar.

Lektorat: BoD

Herstellung und Verlag: BoD – Books on Demand, Norderstedt

ISBN: 978-3-7557-3619-6

Vorwort

Die nachfolgende Geschichte beruht auf Tatsachen.

Den Gedanken, die Ereignisse niederzuschreiben, hatte mein Mann. Er hat mich immer wieder ermutigt und unterstützt, wenn ich zweifelte oder aufhören wollte. Vielen Dank dafür. Ohne meine Tante Anne jedoch wäre das Buch überhaupt nicht möglich gewesen. Sie musste die Geschehnisse erleben und erleiden. Ich glaube, solange es Menschen gibt, wird es solche oder ähnliche Ereignisse immer wieder geben, genauso wie es sie in der Vergangenheit mit Sicherheit schon vielfach gab.

Keinem Menschen wünscht man die Erlebnisse meiner Tante Anne – speziell nicht das, was sie in ihren letzten Jahren durchmachen musste. Ihr gilt mein größter Respekt, verbunden mit einer tiefen Liebe. Sie musste alles mit verletzter Seele und großer Verwirrtheit erleiden und durchleben. Ich weiß heute nicht, wie es meiner Tante Anne geht und wo sie ist. Manchmal telefoniere ich in Gedanken mit ihr und hoffe, dass es ihr trotz allem einigermaßen gut geht und sie mich vielleicht „hören" kann. Mein Herz ist heute noch schwer, wenn ich an sie denke.

Ich wünsche mir, dass alte Menschen nicht mehr aus unserer vom Jugendwahn besessenen Welt ausgeblendet werden. Wir alle sollten daran denken, dass jeder von uns alt wird. Wo befindet sich jemand geistig, wenn er beginnt, verwirrt zu werden und diese Verwirrtheit so weit fortschreitet, dass er niemanden mehr erkennt und nichts mehr aus seinem Leben weiß. Was wissen wir von diesem Zustand? Können wir ihn überhaupt begreifen? Keiner von uns weiß, was ihm in dieser Hinsicht bevorsteht. Gott sei Dank.

1. Kapitel

Beginnen wir mit meiner Geburt.

Offensichtlich gezeugt an einem fröhlichen Faschingstag, musste meine Mutter neun Monate später 36 Stunden lang leiden. An einem trüben Novembertag wollte ich mit meinen Füßen zuerst auf diese schöne und eigenartige Welt plumpsen. Das war unmöglich und für meine Mutter kein leichtes Unterfangen. Zudem war sie damals erst achtzehn Jahre alt. Wir haben's mit entschiedener Hilfe der Hebamme beide irgendwie geschafft. Meine Mutter war danach aber auch sehr angeschlagen. Damalige Bilder bezeugen, dass meine junge Mutter nach der Geburt nicht so gut aussah. Ich durfte sie über fünfzig Jahre an die damalige Steißgeburt erinnern und denke sehr dankbar an unsere gemeinsamen Jahre zurück. In vielen kleinen alltäglichen Situationen vermisse ich sie heute sehr und wünschte mir, dass wir uns gegenseitig noch ein bisschen länger hätten erleben und begleiten dürfen. Ich gäbe viel dafür, sie noch einmal in den Arm nehmen zu dürfen oder ihre Hände zu streicheln und in ihr Gesicht zu sehen.

Zur Freude aller war ich der erste Sprössling und zudem das erste Enkelkind. Wenn ich den Geschichten und Erzählungen Glauben schenken darf, haben mich alle sehr geliebt und geherzt. Vor allen Dingen die Geschwister meiner Mutter, drei Schwestern und vier Brüder, allen voran mein Opa, konnten sich nicht halten, mich zu knuddeln und abzuküssen. Wir lebten damals bei meinen Großeltern in einem Siedlungshaus. Lachend wird heute noch erzählt, dass sie mich in einem wunderschön dekorierten Babykörbchen immer mitten in die Runde stellen mussten, damit ich schlief. In einem ruhigen Zimmer abgestellt, habe ich wohl geschrien, was das Zeug hielt. So war das, und es war wunderschön, zumindest das, was ich aus dieser Zeit weiß. Bis zu ihrem Tod 1996 mit etwas über neunzig Jahren war meine Oma der geliebte Mittelpunkt der Familie. Aber zur Zeit meiner Geburt dachte noch niemand an ihren Tod. Es war eine Zeit, in der es nicht viel gab. 1951 kann man wohl noch als Nachkriegszeit bezeichnen.

Meine Großeltern hatten einen großen Garten, mein Paradies. Dort konnte ich auf Bäume klettern, Obst naschen und Zelte bauen, einfach Kind sein. Aber zuvor muss noch erzählt werden, dass ich auch getauft wurde. Meine Tante Anne war damals zwanzig Jahre alt. Sie und ihr Mann Willi hielten mich über das Taufbecken und übernahmen so mit ganzem Herzen die Patenschaft. Sie hielten mich in all den Jahren wie Eltern, obwohl zwischendurch der Kontakt nicht ganz so eng war. Aber als Kind durfte ich oft zu ihnen nach Hause kommen. Sie verwöhnten mich dann nach Strich und Faden.

Meine Pateneltern wurden zwei Jahre nach meiner Geburt selbst Eltern. Meine Cousine sollte leider ein Einzelkind bleiben. Man kann aber sagen, dass wir zusammen aufwuchsen. Der Familienzusammenhalt war sowieso groß, und wir trafen uns oft bei meiner Oma. Es war für mich immer ein Festtag, wenn wir bei ihr waren. Jahrelang haben sich meine Mutter und meine Tante Berti samt Kindern jeden Mittwoch im Siedlungshäuschen meiner Großeltern getroffen. Oma hatte als erste eine Waschmaschine plus Schleuder. So kamen wir zum Wäschewaschen, zum Essen und Erzählen. Meine Tante Katharina hatte damals gegenüber gewohnt. Sie kam dann auch oft dazu mit ihren Kindern. Das war ein fröhliches Hallo. Vor allem, wenn sich noch meine Patentante mit meiner Cousine dazugesellte. Diese Tage liebte ich und freute mich, nach der Schule mit dem Bus in die Siedlung fahren zu können. Wir hatten alle nicht viel und waren miteinander doch so fröhlich und reich.

An meinen Opa kann ich mich nur dunkel erinnern. Er arbeitete Schicht im Gaswerk. Dadurch war er oft weg, und wenn er zu Hause war, schlief er. Ich erinnere mich gern an die Zeiten, wenn er nach dem Nachtdienst heimkam und mich im Sommer auf den Stufen vor dem Haus zwischen seine Knie nahm und mit einem großen Gartenschlauch den Garten wässerte. Diesen Geruch von Wasser und Erde habe ich heute noch in meiner Nase. Das war Geborgenheit pur. Aber Opa ist früh gestorben, in seinem geliebten Gaswerk. Er erlitt einen Herzinfarkt und war sofort tot. Die Familie um meine Oma herum ist danach nur noch mehr zusammengerückt.

Da war noch mein Onkel Hans mit Familie, der Älteste meiner Onkel. Er lebte im Erdgeschoss des Häuschens und hatte zwei Töchter. Meine Cousinen und ich spielten gerne in dem Garten, bauten Zelte oder besuchten den Hasen- oder Hühnerstall. Ich wünsche jedem Kind eine solche herrliche Zeit, wie ich sie erleben durfte.

Dann ist noch mein Onkel Gerhard zu erwähnen. Er lebte bis zu seinem Tod bei meiner Oma. Er litt unter starken Asthma-Anfällen, die ihn Jahre später, mit 35 Jahren, auch das Leben kosten sollten. Aber damals hat keiner an so etwas gedacht, glücklicherweise. Nur, wenn er diese starke Atemnot hatte, wurde mir schon ganz angst. Manchmal war es so schlimm, dass er seinen Kopf an die Wand schlug, immer und immer wieder, weil er keine Luft bekam. Ich kann mich noch gut an das Entsetzen und die Hilflosigkeit meiner Oma erinnern. Selbst als kleines Kind spürt man diese Gefühle sehr stark, auch wenn nicht viele Worte fallen. Mein Onkel Gerhard hatte mich oft auf seinem Motorrad mitgenommen, wenn es ihm gut ging, und später auch in seinem Lastwagen, wenn ich Ferien hatte und er für die Firma unterwegs war. Meine Ferien in der Siedlung bedeuteten Freiheit und Spaß.

Und dann gab es noch Onkel Günther. Er ist mittlerweile schon lange in Norddeutschland verheiratet, hat drei erwachsene Kinder und ist selbst mehrfacher Opa. Aber damals wohnte er auch noch im Haus meiner Großeltern. Und schließlich gab es Onkel Klaus, der ebenfalls mit im Siedlungshäuschen wohnte und schon lange mehrfacher Opa ist. Man kann sich vorstellen, dass in dieser Großfamilie immer etwas los war.

So gibt es viele Geschichten, lustige und traurige zu erzählen. Sie ranken sich um gemeinsam erlebte Zeiten und lassen sie immer wieder lebendig werden. Sie führen zu einer unglaublichen Geborgenheit, und man empfindet ganz stark die verzweigten Wurzeln der Familie und des eigenen Lebens.

Ich kann mich an einen Vorfall gut erinnern: Oma schälte Kartoffeln, und ich wollte mich an den großen Esstisch zu den anderen setzen. Sie stand am Spülstein und hatte einen Stuhl hinter sich stehen. Ich nahm den Stuhl und setzte mich gedankenlos zu den anderen. Oma hat das offensichtlich nicht mitbekommen und wollte sich setzen. Das war keine gute Idee, denn der Stuhl war weg, und sie flog der Länge nach hin. Wir waren erst sprachlos, Oma stand auf und schimpfte wie ein Rohrspatz. Aber dann mussten wir alle so lachen, dass wir keine Luft mehr bekamen. Mir tat das nachher sehr leid, denn Oma hatte sich schon ein bisschen wehgetan. Sie war eine schwere Frau, die sich deshalb auch nicht so gut abfangen konnte. Diese Geschichte erzählen wir uns heute noch, und ich mittlerweile auch meinen erwachsenen Kindern. Ich muss heute noch oft darüber lachen. Aber ich denke, Oma lebt dadurch in und mit uns, und wenn sie auf uns herunterblickt, muss sie bestimmt auch über viele Ereignisse schmunzeln, die sich damals in dem Häuschen zutrugen.

Eine andere Geschichte spielte sich in der Weihnachtszeit ab. Oma hatte Plätzchen gebacken wie ein Weltmeister, eine riesengroße Kiste voll. Ich durfte in den Weihnachtsferien wieder ein paar Tage da sein, als mein Onkel Gerhard – er war damals vielleicht dreizehn oder vierzehn Jahre alt – auf die Idee kam, die Kiste mit den Plätzchen zu suchen. Er wollte ein paar davon probieren. Wer suchet, der findet. Sie stand unter dem Bett meiner Großeltern und duftete verführerisch. Er nahm ein paar davon und gab auch mir welche ab. Zu diesem Zeitpunkt war die Kiste noch voll. Was schmeckten die Plätzchen so gut! Er muss sich danach noch öfter daraus bedient haben, denn am Weihnachtstag wollte Oma einen schönen Teller mit Plätzchen auf den Tisch stellen, wie gesagt, es gab ja nicht viel, und die Kiste war fast leer. Es waren nur noch ein paar Reste und Krümel darin. Jeder kann sich wohl vorstellen, was da los war.

Die jüngste Tochter meiner Großeltern konnte ich leider nicht kennenlernen, da sie viele Jahre vor meiner Geburt an Diphtherie gestorben war. Es gab damals noch keine Möglichkeiten ihr zu helfen, sie muss ganz schlimm erstickt sein.

2. Kapitel

Meine Großeltern hatten kein leichtes Leben. Sie mussten zwei Kriege erleben. Meine Oma hat bis zu ihrem eigenen Tod drei ihrer Kinder beerdigen müssen. Es ist sehr viel gelebtes Leid, was ich in diesen drei Sätzen versuche auszudrücken. Ich kann mich jedoch nicht erinnern, dass sie jemals geklagt hat. Sie war immer nur für alle da mit ihrer ganzen Liebe und hat uns allen unendlich viel geschenkt.

Der Leser muss das wissen, denn dann kann er das Verhalten meiner Tante Anne später viel besser verstehen. Oma lebte uns allen eine großartige Menschlichkeit und Liebe vor, die nur gab und für sich selbst nichts nahm. Sie lebte die Tage und Vorkommnisse wie sie kamen, ohne zu jammern und zu klagen. Oh, ich weiß noch, wie müde sie oft war. Und ich kann mich an Zeiten erinnern, wo sie im fleckigen Rock immer nur am Herd stand und brutzelte, morgens noch müde, weil die Nacht zu kurz war, und abends noch mehr müde und gähnend, weil sie den ganzen Tag nur für ihre Lieben gewirkt hatte. Opa war wohl auch nicht gerade der charmanteste Ehemann. Auch als Kind spürte ich schon, dass er nicht sehr liebevoll zu ihr war. Aber auch darüber hat sie nie geklagt. Sie kannte keine Ferien und keine Selbstverwirklichung und war der liebste Mensch, den ich in meinem Leben kennen durfte. Wobei ich sagen muss, dass Opa zu mir, seinem ersten Enkelkind, immer nur lieb war. So habe ich ihn in Erinnerung, und das ist gut so.

Meine Tante Anne war die älteste Tochter meiner Großeltern. Meine Mutter und sie und die anderen Geschwister erzählten immer wieder die Geschichte von einem „schönen" Weihnachtsabend: Alle warteten wohl auf Opa, der Spätdienst hatte. Es war Heiligabend. Meine Mutter und Tante Anne hatten als Mädchen der Familie den Baum zu schmücken. Bescherung gab es aber erst, wenn Opa daheim war, und das war am besagten Heiligabend sehr spät. Opa kam, alle freuten sich, es wurde endlich gemütlich und weihnachtlich. Meine Familie stimmte schließlich Weihnachtslieder an, auch Opa. Er hatte eine tiefe Bassstimme und traf wohl nicht so ganz die richtigen Töne. Meine Mutter und Tante Anne mussten prustend lachen, obwohl sie sich Mühe gaben, es zu unterdrücken. Je mehr sie es aber versuchten, umso mehr mussten sie kichern, vor allem, wenn sie die Köpfe hoben und sich ansahen. Den restlichen Weihnachtsabend haben meine Mutter und meine Tante Anne auf der Kellertreppe zugebracht. Es gab kein Pardon. Und das, obwohl es Weihnachtsabend war und sie den Tannenbaum so schön geschmückt hatten.

3. Kapitel

So ging das oft sehr lebhaft zu in meiner Familie.

Als ich etwa zweieinhalb Jahre alt war, bekam ich ein Brüderchen. Er hieß Rolf und sollte leider nicht erwachsen werden. Wir lebten damals nicht mehr bei meinen Großeltern, da wir eine eigene Wohnung zur Untermiete zugewiesen bekamen. Die Küche hatte keine Wasser- oder Abwasseranschlüsse. Wir mussten bei unserer Vermieterin Wasser in der Küche holen. Wenn sie sich gerade dann wusch, war die Küche abgeschlossen, und wir hatten eben kein Wasser. Das Schmutzwasser sammelten wir in einem Eimer. Wenn der voll war, trugen wir ihn einen halben Stock tiefer zur Toilette. Es waren so arme Zeiten, dass man es sich heute gar nicht mehr vorstellen kann. Aber wir haben nichts vermisst und waren glücklich miteinander.

Manchmal gingen meine Eltern aus. Da mein Bruder und ich eine blühende Fantasie hatten, bekamen wir riesengroße Angst, wenn unsere Vermieterin mit ihrem Stock über den langen, dunklen Flur ging. Das machte dann „tack, tack, tack", und wir stellten uns Fantasieungeheuer vor, die in die Wohnung eindrangen und uns bedrohten. Selbst heute noch bekomme ich Gänsehaut, wenn ich daran denke. Damit wir uns zur Not wehren konnten, waren wir sehr einfallsreich. Wir hatten ja damals noch Kohle- und Brikettheizung. So holten wir dann aus dem Kohlekasten den Schürhaken und nahmen ihn mit ins Bett. Wie unser Bett nachher aussah, können Sie sich sicher vorstellen. Aber meine Eltern haben nie geschimpft, ich kann mich zumindest nicht daran erinnern, obwohl meine Mutter noch alles mühsam von Hand in einem großen Kochkessel waschen bzw. richtig schrubben musste.

Wenn mich nachts meine Blase drückte, hielt ich das immer ein, weil ich Angst hatte, durch den dunklen Flur und das Treppenhaus auf Toilette zu gehen. Mein Bruder und ich schliefen auf einer großen Schlafcouch zusammen und hielten uns an den Händen. Wir hatten zwar Angst, aber keiner war allein. Wenn unsere Eltern wieder da waren, empfanden wir große Erleichterung. Später, als meine Kinder klein waren, habe ich versucht, ihre Ängste und die Welt mit ihren Augen zu sehen und zu verstehen. Ich bin mir allerdings nicht sicher, ob mir das wirklich gelungen ist.

In dieser Wohnung haben wir sämtliche Kinderkrankheiten erlebt. Masern, Scharlach, sogar eine zweimalige Lungenentzündung musste ich überstehen, bis hin zu einer Mittelohr-vereiterung, die meine erste Operation im Alter von vier Jahren nach sich zog. Der Mittelohrknochen musste entfernt werden. Eine kleine Delle hinter dem rechten Ohr erinnert mich noch heute an diese Zeit. Außerdem habe ich auf diesem Ohr nur noch dreißig Prozent Hörvermögen. Aber das stellte sich erst später heraus.

Auch einen damaligen Nikolaustag kann ich nicht vergessen, da er mir durch eine lustige Einlage von zwei meiner vielen Onkel den Glauben an den Nikolaus nahm. Als Nikoläuse verkleidet erschienen tatsächlich der blinde Bruder meines Vaters, Onkel Werner, und mein Onkel Klaus. Ich erkannte sie an der Art, wie Onkel Werner den Kopf leicht zur Seite hielt, und an der Art, wie mein Onkel Klaus sprach. Da ich damals schon von Onkel Werner Flötenunterricht erhielt, kannte ich seine Hände. Genau die erkannte ich an besagtem Nikolausabend mit den kleinen Härchen und Flecken auf dem Handrücken. Mein Bruder fürchtete sich sehr. Er fürchtete sich derart, dass er mit einem olympiareifen Satz über den Küchentisch in die Ecke des Zimmers sprang. Wir mussten oft über diese Geschichte lachen, und mein Bruder Rolf wurde später immer wieder mit dem für sein Alter unglaublichen Sprung liebevoll aufgezogen.

Bei uns wurde viel gespielt und musiziert. Mein Vater konnte wundervoll Mundharmonika spielen, und wir lernten, wie schon erwähnt, bei Onkel Werner Flöte spielen. Es war, trotz aller Bescheidenheit, eine wirklich schöne, glückliche Zeit.

In diesen Jahren war ich auch oft bei meiner Tante Anne. Sie hat das sehr unterstützt, da meine Kusine, Christine, nicht als Einzelkind aufwachsen sollte. Ich war oft gar nicht gern da, da es bei meiner Tante immer streng zuging. Ich spürte trotzdem, dass mich meine Pateneltern sehr liebten. Aber die Mittagsruhe, die wir immer halten mussten, also im Kinderzimmer bleiben und uns ruhig verhalten, kannte ich von zu Hause her gar nicht. Bei uns gab es keine Mittagsruhe. Ausgerechnet zwischen 13.00 Uhr und 15.00 Uhr ruhig zu bleiben erschien mir ziemlich langweilig. Vor allen Dingen, da meine Kusine immer mit ihren Puppen spielen wollte. Ich hatte nie mit Puppen gespielt. Ich hatte ja einen Bruder, mit dem ich Fußball spielen, auf Bäume klettern oder raufen konnte, was viel aufregender war.

Die Unterschiede zwischen uns waren zu groß, deshalb habe ich zu meiner Kusine nie einen wirklich engen Kontakt gefunden. Schon in ihrer Mädchenzeit wurde sie immer wieder krank und musste häufig an ihren Knien operiert werden. Sie hat dadurch ihr Leben, auch später als Erwachsene, nie wirklich in den Griff bekommen und wurde durch die vielen und ständigen Schmerzen schon früh Morphinistin. Auch ihr späterer Mann konnte ihr Leiden nicht aufhalten. Sie bekam zwar zwei gesunde Töchter, aber ihr Mann verließ seine kleine Familie, als die Mädchen noch klein waren. Meine Kusine hat das nie überwunden. Später versuchte sie sogar ihrem Leben ein Ende zu setzen, aber eine Freundin hatte sie rechtzeitig gefunden. Meine Pateneltern waren dadurch nicht nur als Eltern gefordert. Sie waren Großeltern und gleichzeitig Elternersatz für die Mädchen.

Meine Tante hatte häufig Migräneanfälle. Heute weiß ich, dass sie die streng eingehaltene Mittagszeit brauchte, um zur Ruhe zu kommen, und dass man mit starken Kopfschmerzen nicht richtig leistungsfähig ist. Damals war für mich die blasse, ja leidende Art meiner Tante völlig unverständlich, ja sogar manchmal unheimlich. Ich kannte „Leiden" noch nicht bei uns zu Hause. An einen Aufenthalt kann ich mich noch gut erinnern. Meiner Tante ging es gar nicht gut, sie hatte wieder eine ganz üble Migräneattacke und war ganz blass. Doch an diesem Tag war verabredet, dass sie mich nach Hause fahren sollte. Daran war nun wirklich nicht zu denken. Mit letzter Kraft fuhr sie mich an den Hauptbahnhof, sprach mit dem Zugführer und setzte mich in den Zug, der mich nach Hause bringen sollte. Ich war erst sechs Jahre alt und fand das alles wahnsinnig aufregend. Meine Tante empfand es sicherlich anders.

Aber der Zugführer war riesig nett, schenkte mir auf der Heimfahrt Schokolade und teilte sein Brot mit mir. Die Fahrt erschien mir viel zu kurz. Am Bahnhof zu Hause stand schließlich meine Mutter und holte mich ganz stolz ab, weil ich so groß war und allein mit dem Zug fahren konnte. Was für eine Zeit!

Allerdings gab es auch viele schöne Momente bei meinen Pateneltern, die ich so bei uns zu Hause nicht kannte. Wir gingen zum Beispiel oft in den angrenzenden Park spazieren, meinen blinden Onkel zur Arbeitsstelle auf der Bank begleiten oder dort abholen. Dann waren wir auch gern auf Spielplätzen in umliegenden Parkanlagen. Diese Ausflüge habe ich sehr genossen.

Sie ließen mich auch manchmal an ihrer Liebe zur klassischen Musik teilhaben. Ruhig sitzen und zuhören war ungewohnt für mich, aber die Ruhe mit dieser schönen Musik war eine ganz neue Welt für mich. Dann wollten sie von mir wissen, wie mir das eine oder andere Musikstück gefiel. Damals konnte ich das natürlich noch nicht beurteilen, aber ich denke, dass sie meine Neugierde und heutige Liebe zu dieser Musik in dieser Zeit geweckt haben.

Abends erzählte uns mein Onkel Willi gern Märchen und Geschichten, darauf freute ich mich immer sehr. Dann wollte er sie von uns nacherzählt haben, aber dazu waren wir oft viel zu müde. Mein Onkel war dann gnädig und sagte uns liebevoll gute Nacht. Bei meinen Pateneltern war vieles viel strenger und geregelter als bei meinen Eltern zu Hause. Aber es musste auch so sein, da mein Onkel blind war. Sie erzählten mir später, dass ich als Kleinkind bei ihnen immer ein Glöckchen um mein Fußgelenk bekam, wie meine Kusine auch. So konnte uns mein Onkel hören und fiel nicht aus Versehen über mich oder meine Kusine, wenn wir da so rumwuselten. Das Leben mit einem blinden Menschen erfordert ganz andere Verhaltensweisen und Vorkehrungen. Für mich war es selbstverständlich, meinen Onkel zu führen oder ihm Dinge zu schildern, die er nicht sehen konnte. Natürlich haben Tante Anne und meine Kusine mir immer wieder erklärt, dass mein Onkel vor jedem Hindernis oder Bordstein gewarnt werden musste.

Ich war sehr stolz, wenn er zuhörte oder mich lobte. Aber ich war immer nur besuchsweise da. Wenn ich heute darüber nachdenke, weiß ich, dass meine Tante ihr eigenes Leben für ihren Mann zurückstellen musste. Er war bei der Bank und im Blindenbund führend tätig und musste des Öfteren zu Vorträgen reisen. Er forcierte den Einsatz und die Ausweitung der Blindenschrift Braille. Später bekam er dafür und für den Einsatz für blinde Menschen sogar das Bundesverdienstkreuz. Meine Tante Anne musste ihn natürlich auf seinen Reisen und Vorträgen begleiten und für ihn „sehen". Sie tat es gern und über fünfzig Jahre. Sie sollte es nicht gedankt bekommen.

Ich liebte meine Pateneltern, und sie umsorgten mich viel mehr, als ich es von meinen Eltern kannte. Das genoss ich auf der einen Seite, war aber auch froh, wenn ich zu Hause wieder meine „Freiheit" hatte. Meine Eltern liebten und umsorgten mich auch, aber ich durfte zu Hause selbstständiger sein, was mir vor allem im späteren Leben zugute kam. Ich wollte es auch so. Mein junges Leben gestaltete sich durch meine Familie sehr vielseitig und interessant, zugleich fühlte ich mich gut behütet. Wie bereits erwähnt, war der Bruder meines Vatersebenfalls blind, erteilte uns sogar Flötenunterricht und spielte Schifferklavier. Erstaunlich, oder? Das Leben mit blinden Menschen war für mich ganz normal, da ich es nicht anders kannte. Gelangweilt habe ich mich nie. Ich kenne bis heute keine Langeweile.

4. Kapitel

Als ich elf Jahre alt war, bescherten uns meine Eltern eine kleine Schwester. Sie wurde Rieke getauft und war unser Ein und Alles. Sie sah aus wie eine Puppe mit großen dunklen Augen und wundervollem dichten, braunen, gewelltem Haar. Ich liebte es, ihr Haar zu bürsten, da ich selbst nur „Schnittlauchlocken", also glattes Haar habe. Ich liebe sie überhaupt sehr, und ich weiß genau, dass es nichts geben wird, was uns trennen könnte. Wir waren die drei „R": Renate, Rolf und Rieke. Nachdem Rieke das Licht der Welt erblickt hatte, bekamen wir auch eine eigene, größere Wohnung. Mein Bruder Rolf und ich durften endlich in einem eigenen Zimmer schlafen. Welch ein Luxus! Wir liebten und genossen unser eigenes Reich sehr.

In all diesen Jahren hatten wir zu meiner Patentante immer nur an Geburtstagen oder bei unseren wöchentlichen Treffs im Siedlungshäuschen Kontakt. Ich besuchte dann schon das Gymnasium, mein Bruder folgte drei Jahre später. Er war hochintelligent und wollte in das Weltall fliegen. Sein Traum war es, Kernphysik zu studieren. Heute wundere ich mich, dass er als junger Mensch schon solche Vorstellungen hatte. Aber es kam alles ganz anders.

Rolf verunglückte mit nicht ganz fünfzehn Jahren im Schwimmbad. Er und seine Freunde spielten Fangen miteinander. Dabei stürzte er aus 7 Meter 50 Höhe auf den untersten Betonsockel und rollte ganz langsam ins Wasser. Es war ein entsetzliches Ereignis in unser aller Leben. Ich kann es auch nur aus Erzählungen und Zeitungsberichten schildern, da ich mich damals mit meiner Schulklasse auf der Abschlussfahrt in Rom befand. Es wurde nie geklärt, ob er von einem seiner Freunde bei diesem Spiel einen Klaps bekam, oder wie auch immer mein Bruder den Halt verlor. Es spielte auch keine Rolle mehr, denn es brachte meinen Bruder nicht zurück. Meine Eltern hatten auch nicht die Kraft, dieser Frage nachzugehen. Rettungsgeräte waren nicht vorhanden oder funktionierten nicht. Es war eine tragische Verkettung ungünstiger

Umstände. Ich denke, ich brauche nicht zu erzählen, wie gelähmt wir alle waren.

Von diesem Tag an war nichts mehr, wie es vorher war.

Meine Tante Anne veranlasste ein Flugticket nach Rom. Meine Klassenlehrerin brachte mich dort an den Flughafen. Zu diesem Zeitpunkt sagte man mir nur, dass mein Bruder verunglückt war. Man wünschte mir viel Kraft. Aber entweder ich wollte nicht begreifen oder konnte nicht realisieren, dass mein Bruder tot war. Ich kaufte ihm sogar noch Süßigkeiten im Duty-Free-Shop.

Ich sehe mich noch heute in dem Flugzeug sitzen. Neben mir saß ein kräftiger Geschäftsmann, ich machte mich ganz klein in meinem Sitz. Oma hatte mir extra für diese Reise ein weißes Kleid mit einer Folklore-Bordüre genäht. Das trug ich auf diesem traurigen Heimflug. Einen Strohhut dazu hatte ich mir in Rom von meinem Taschengeld gekauft. Der lag nun ganz verloren auf dem Schoß.

So holte mich Tante Anne nach der Landung am Flughafen ab, nahm mich in den Arm und sagte mir, was passiert war. Sie meinte, ich dürfte jetzt weinen und schreien, aber danach müsste ich stark sein, weil es meinen Eltern, vor allem meiner Mutter nicht gut ging. Alle waren bei meiner Oma im Siedlungshäuschen, als wir dort eintrafen.

Meine Mutter lag im Bett und wollte nicht mehr leben. Sie wimmerte vor sich hin. Mein Vater war wie versteinert, nahm mich stumm in den Arm. Meine Oma war einfach nur da, ohne viele Worte und ganz lieb. Tragisch wurde es kurz vor der Beerdigung, da meine Mutter nicht mehr atmen wollte. Meine Oma hatte mir Essigwasser in die Hand gedrückt. Ich sollte meine Mutter fest damit abreiben. Sie hatte ihr in der Zwischenzeit regelrecht den Hintern versohlt, bis meine Mutter wieder Luft holte. Ich bewundere meine Oma noch heute dafür. Sie hat uns alle versorgt, das Leid verstanden und nicht viel Getöse gemacht. Der Arzt kam schließlich und teilte uns mit, dass meine Mutter nicht zur Beerdigung gehen sollte. Sie ging aber dann doch mit. Wo meine

Schwester in der Zeit war, weiß ich gar nicht mehr. Ich weiß nur noch, dass die Beerdigung schrecklich war.

Während der Ansprache des Pfarrers landete draußen ein Hubschrauber der Bundeswehr. Das war so laut und unangenehm, dass man die Trauerfeier unterbrechen musste. Die Klassenkameraden meines Bruders fielen vor Aufregung in Ohnmacht. Es war ein einziges Chaos. Keiner konnte das Schreckliche, das in unser Leben getreten war, verkraften. Der damalige Chef der Luftwaffe entschuldigte sich ein paar Tage später ganz offiziell bei meinen Eltern für die Landung des Hubschraubers. Aber das brachte meinen Bruder auch nicht zurück.

Meine Mutter versuchte, den Tod meines Bruders ab und zu mit Alkohol zu betäuben, mal mehr, mal weniger. Mein Vater war in der Zeit sehr bedrückt und in sich gekehrt. Er hat nie darüber gesprochen, dass er seinen Sohn nach der von der Staatsanwaltschaft angeordneten Obduktion identifizieren musste. Diesen Weg ging er ganz allein, da meine Mutter dazu nicht in der Lage war. Mich hatte er damit überhaupt nicht belastet, und meine Schwester war mit
sechs Jahren noch zu klein. Ich habe von diesem Weg meines Vaters erst viel später erfahren. Heute erst wird mir bewusst, dass er diese Situation nie verkraftet hat. Wie schwer muss es für ihn gewesen sein? Er musste seine Eindrücke ganz tief vergraben, um weitergehen zu können und Kraft für uns zu haben. Obwohl er schon seit einigen Jahren nicht mehr lebt, spreche ich oft in Gedanken mit ihm. Ich wünschte mir, ihn heute nur noch einmal in den Arm nehmen zu dürfen, was ich viel zu selten getan habe.

Auch in der Schule wirkte sich der Tod meines Bruders aus. Ich hatte viele Tage gefehlt, ja ich glaube, es waren sogar Fehlwochen. Die Noten waren entsprechend, sodass ich auf Anraten meiner sehr verständnisvollen Lehrer ein Jahr wiederholte. Damals war ich sehr traurig und manchmal richtig verzweifelt. Aus heutiger Sicht war dieser Schritt aber genau richtig, hat mir Luft verschafft und neue Kraft und Selbstbewusstsein gegeben für mein eigenes Leben.

Der Tod meines Bruders hatte uns alle verändert. Jeder von uns versuchte, diesen Einschnitt auf seine Weise zu verkraften. Meine Mutter besuchte sein Grab so oft sie nur konnte. Mein Vater wurschtelte weiter und war auf seine Weise eine feste Säule in unserer Familie. Es sollte sich erst später zeigen, dass er mehr litt, als er zugeben, in Worte fassen und ertragen konnte. Meine Schwester begriff zum Glück nicht sehr viel von dem tragischen Ereignis.

Schlimm war, dass wir nicht über den Tod meines Bruders miteinander reden konnten. Das Thema „Rolf" und „Tod" wurde vermieden, weil keiner wollte, dass meine Mutter noch mehr weinte oder sogar wieder zusammenbrach. So wurde jeder von uns in seiner Trauer sehr einsam.

Einige Monate später ging ich in meine Abiturprüfungen und fand Halt bei meinem damaligen Freund, der nicht viel später auch mein Ehemann wurde. Die Ehe hielt leider nicht ein Leben lang, wie wir es uns versprochen hatten. Doch gingen daraus drei wunderbare Söhne hervor, die ich über alles lieb habe.

Meine Mutter hatte damals nicht viel Kraft für die Menschen in ihrer Umgebung, noch nicht einmal für sich selbst. Meine Schwester und ich wuchsen deshalb immer mehr zusammen. Es gab Zeiten, in denen sie sogar „Mama" zu mir sagte. Dieses Zusammengehörigkeitsgefühl empfinden wir noch heute. Ich bin unendlich dankbar dafür, dass mir ein so lieber Mensch mit auf den Weg gegeben wurde. Bis heute haben wir uns durch dick und dünn begleitet, egal was auch immer passierte.

Ein wenig Halt fand meine Mutter bei Oma, ihrer Mutter und den Mittwochs-Treffen dort mit ihren Geschwistern. Das war für uns alle nach wie vor ein Stück Geborgenheit.

5. Kapitel

Ein Jahr nach dem Tod meines Bruders verlobte ich mich mit Ulrich, meinem zukünftigen Ehemann. Meine Mutter konnte das gar nicht verstehen, sie lebte in ihrer Trauer. Wir hatten kaum Zugang zu ihr und konnten sie nur „lassen". Aber auch meine Pateneltern Anne und Willi versuchten mir ins Gewissen zu reden. Sie meinten, ich sei mit achtzehn Jahren noch zu jung und sollte erst einmal leben, ins Theater gehen und die Welt sehen. Wie sich später herausstellte, hatten alle recht. Ich folgte dennoch meinem damaligen Gefühl. Raus aus dem Elternhaus, wo die Stimmung nur noch traurig und bedrückend war, hinein in eine eigene, kleine Familie. Ich wollte wieder fröhlich sein und nach vorne schauen. War das ein Fehler? Diese Frage kann auch nach so vielen Jahren nicht beantworten.

Genauso musste es meiner Tante Anne ergangen sein, als sie gegen den Rat meines Opas meinen Onkel Willi heiratete. Ich höre sie heute noch oft sagen, dass sie nicht auf ihren Vater gehört hat. Dies ging ihr während ihrer späteren Krankheit immer wieder durch den Kopf und ließ ihr keine Ruhe. Es ist sehr traurig, wenn solche Überlegungen, Gedanken und Gefühle das Fazit einer so langen Ehe sind. Ich hatte die Kraft, nach zwölf Jahren die Reißleine zu ziehen und unsere unglückliche Ehe zu beenden. Das war schon schlimm genug. Aber meine Pateneltern hatten über fünfzig Jahre miteinander zugebracht. Das ist eine ganz andere Dimension. Meine Kusine Christine verstand sich sehr gut mit ihrem Vater. Zu ihrer Mutter hatte sie indes eine unglückliche Bindung, an der sich leider bis heute nichts geändert hat. Vater und Tochter hielten auch später zusammen, als meine Tante anfing zu vergessen.

6. Kapitel

Nach meinem Abitur studierte ich zuerst Sportwissenschaften. Leider musste ich nach einiger Zeit einsehen, dass mein Körper, genauer meine Bandscheiben dafür nicht genug trainiert und damit nicht stark genug waren. Ich hatte ständig starke Rückenschmerzen. Erst viel später sollte sich nach vielen Untersuchungen herausstellen, dass da ein feiner Haarriss war, der mittlerweile zu einem Knorpelschaden geführt hatte. Ursache der ganzen Misere war wohl eine zurückliegende Trainingsstunde am Olympiabarren zum Sportabitur. Ich stürzte damals trotz Hilfestellung vom Barren auf die darunterliegende Matte. Unter der Matte lag der Beförderungswagen. Ich stand zwar sofort auf, hatte aber lange Schmerzen und natürlich daheim nichts gesagt. Meine Eltern hatten ja noch um meinen Bruder getrauert, und ich wollte ihnen nicht noch zusätzlich Sorgen bereiten. Aber das war ein großer Fehler. Ich hatte immer wieder starke Beschwerden, die mit Spritzen und Physiotherapie behandelt wurden, aber langfristig zu keinem richtigen Erfolg führten.

In diese Zeit fiel nach vier Verlobungsjahren meine Hochzeit. Wir heirateten schließlich im kleinen Kreis der Familie. Aufgrund der vielen Rückenschmerzen brach ich mein Studium ab und begann eine Ausbildung als Beamtin im gehobenen Dienst. Die Ausbildung führte zum Diplom als Verwaltungswirtin.

Meine Söhne wurden geboren und zu einem großen Glück für die ganze Familie. Meine Mutter kam langsam wieder aus ihrem Schneckenhaus heraus und freute sich mit meinem Vater zusammen sehr über unsere Kinder. Sie spielte mit ihnen Fußball und war eine wundervolle Oma. Mein ältester Sohn rief einmal: „Oma, du bist heute der Beckenbauer und ich stehe im Tor!" Wie haben wir über diesen Satz des kleinen Kerls gelacht! Er ist übrigens heute noch mit Leib und Seele Fußballer. Auch mein Vater war sehr stolz und ein liebevoller Opa, vor allem deshalb, da mein Bruder ein sehr talentierter Fußballer und er der damalige Betreuer der Mannschaft war. Unsere Jungs haben meine Eltern wieder ein bisschen fröhlicher werden lassen. Den Tod meines Bruders haben sie, vor allem meine Mutter, bis zum eigenen Tod nicht verwunden. Heute weiß ich, dass man um einen geliebten Menschen nicht aufhört zu trauern. Die Trauer verändert sich mit der Zeit, aber sie hört lebenslang nicht auf.

Durch das Erlebte bekam ich eine andere Einstellung zu Fragen des Todes, Sterben, Grab, Beerdigung, Leben. Zudem litt ich damals unter starken Blutungen, die mich sehr viel Kraft kosteten. Die Wucherungen am Unterleib mussten operiert werden, erst dann konnte man sagen, ob diese bösartig sind. In dieser Zeit fühlte ich sehr nach innen in meine Seele. Ich denke, das war auch die Zeit, in der ich begann, mich von meinem Ehemann zu entfernen, der das ja so nicht nachfühlen konnte.

Prägend war auch, dass bei meinem kleinen Neffen, dem Sohn meines Schwagers, ein bösartiger Hirntumor diagnostiziert wurde. Er war gerade erst fünf Jahre alt. Es war schlimm, und meine Krankheit rückte dadurch in den Hintergrund. Für mich stellte sich die Frage, was wir Menschen eigentlich sind mit unserem Geist, Körper, wünschen, fühlen und leben. Auf der einen Seite ist jeder einzelne Mensch einzigartig und wertvoll, auf der anderen Seite aber auch nicht mehr als ein Körnchen Sand im Geschehen der Zeit. Ich bin sicher, dass mir meine glückliche und behütete Kindheit damals die Kraft gab die ganzen Ereignisse zu durchleben und vielleicht sogar stärker daraus hervor zu gehen.

Ich überstand die Operation mit allen Nachwirkungen. Auch der bittere Kelch „Krebs" ging an mir vorüber. Mein kleiner Neffe starb jedoch noch vor seinem achten Geburtstag an seinem Hirntumor. Wir waren alle sehr traurig und betroffen. Ich werde nie den kleinen, weißen Sarg vergessen, die Beerdigung meines Neffen und die vorherigen, bitteren Erfahrungen auf der Kinderkrebsstation.

7. Kapitel

In meiner kleinen Familie und auch sonst ging das Leben weiter. Wir freuten uns an unseren Kindern, die Gott sei Dank nie ernsthaft krank waren. Lediglich ein paar Kinderkrankheiten, wie Masern, Keuchhusten und ähnliches mussten überwunden werden. Manchmal fragte ich mich, wie ich solches Glück verdient hatte drei gesunde Kinder zu haben. Ich war und bin heute noch unendlich dankbar für dieses Geschenk.

So erlebten wir mit unseren Kindern einiges, was ich erzählen muss, weil wir heute darüber lachen und die Geschichten weitergeben. Und weil ich für jeden Moment mit meinen Kindern so unendlich dankbar bin. Ich bin der Ansicht, dass mit den Erzählungen ein starkes Familiengefühl entsteht, Wurzeln, die so unendlich wichtig sind für uns alle – die Alten wie die Jungen.

Mein Sohn Alexander hatte immer wieder Pech. Eines Tages tanzte er, freute sich und tanzte, bis ihm schwindlig wurde. Er fiel schließlich mit dem Hinterkopf auf die Schrankkante. Er fiel so heftig, dass er ein Loch im Kopf hatte. Er blutete stark, und wir fuhren natürlich schnellstens mit ihm in das nächstgelegene Krankenhaus. Dort wurde er genäht und verarztet. Seine überschäumende Lebensfreude war dadurch erst einmal gedämpft.

Dies hielt allerdings nicht lange an. Ein paar Wochen später alberte Alex mit seinen Brüdern herum, sie lachten und freuten sich alle miteinander und hatten großen Spaß. Allerdings fanden diese Spielchen manchmal auch kein schönes Ende, weil die Jungs keine Grenzen kannten und nicht wussten, wann man am besten aufhört. So war es auch dieses Mal. Meine Ermahnungen wurden nicht mehr gehört oder geflissentlich überhört, auf jeden Fall schoss Alex wie eine Rakete an mir vorbei Richtung Heizkörper. Was war das Ende vom Lied? Wieder viel Blut, Fahrt in das nächste Krankenhaus. Das Loch musste ebenfalls genäht werden. Das Verrückte: Bis ich merkte, dass es eigenartig still war, war schon wieder etwas passiert.

So war es auch bei dem Vorfall mit einer Palette mit dreißig Eiern. Sie standen einsam in der Küche auf dem Tisch. Alex befreite sie von ihrer Einsamkeit und zerdrückte ein Ei nach dem anderen in seinen kleinen Händchen. Bis mir diese Stille auffiel, lagen schon fast alle Eier um Alex herum in der Küche. Er stand in der Mitte des Malheurs und freute sich an den wunderschönen, gelben Dottern, die an ihm herunterliefen und auf dem Fußboden zermatschten. An diesem „Klebstoff" bzw. Eiersalat putzte ich mindestens zwei bis drei Wochen.

Ein anderes Mal färbte ich eine Jeansjacke dunkelblau, da sie etwas verblasst war. Das kleine Döschen Färbemittel warf ich in den Abfalleimer. Ich bedachte nicht, dass der Abfalleimer zu dieser Zeit das schönste Spielzeug meines Sohnes war. In dem Döschen waren wohl noch restliche Krümel des Färbemittels. Alex gefiel das anscheinend ausnehmend gut. Bis ich wieder diese auffallende Stille bemerkte, war es schon passiert. Alex hatte die Reste in den Mund gesteckt. Das Ende vom Lied waren mehrere Stunden Aufenthalt in der Klinik plus Beipackzettel des Färbemittels, bis feststand, dass das Mittel nicht giftig war. In der Zwischenzeit hatte man Alex ständig den Mund ausgespült, weil man befürchten musste, dass das Mittel toxisch war. Manchmal gingen diese Geschichten schon an die Nerven, die dann durchaus auch mal blank lagen.

Auch mein ältester Sohn wollte offensichtlich das Innere einer Klinik kennenlernen. Er ging schon zur Schule, als ich einen Anruf bekam, ich sollte sofort in die Klinik kommen, es wäre aber nichts Schlimmes. Ich sollte mich ja nicht aufregen. Was war passiert? Er hatte beim Herumtoben eine Latte auf den Fuß bekommen und sich dabei eine Zehe in der Wachstumsfuge gebrochen. Bis zu diesem Zeitpunkt wusste ich nichts von einer Wachstumsfuge in den Zehen. So lernt man dazu. Der damalige Arzt in der Klinik hatte uns jetzt schon des Öfteren in der Mangel gehabt, lachte und fragte mich, ob ich nicht ein Feldbett in der Klinik aufschlagen wollte, dann wäre ich schneller zur Stelle, wenn sich etwas ereignen sollte.

Mein ältester Sohn Michael hatte bestimmt viermal beginnenden Scharlach mit Fieber und allem, was dazugehört, bis schließlich die

Mandeln entfernt wurden. Wir alle, aber vor allem er, hatten dann endlich Ruhe.

Die Geburt meines jüngsten Sohnes Joachim war wie vieles in diesem Leben ebenfalls nicht so ganz normal. Er schrie bei seiner Geburt nicht wie alle anderen Säuglinge, nein, er meckerte wie ein kleines Schäfchen, das sich verlaufen hatte. Daraufhin bekam er von meiner Mutter zum ersten Geburtstag ein sündhaft teures Schäfchen aus echter Lammwolle geschenkt. Es begleitet ihn bis heute.

Dazu standen ihm auch noch Wochen nach der Geburt die Haare senkrecht zum Himmel. Sie ließen sich auch nicht nach unten bürsten. Eh man sich's versah, standen sie wieder zu Berge. Dadurch bekam er den Beinamen Pumuckl, abgekürzt Muckl. Diesen Namen hat er bis heute behalten. Wir und alle seine Freunde rufen ihn seit damals mit diesem Kosenamen.

Es gibt noch viele Geschichten, die ich erzählen könnte, aber ich möchte in meiner Erzählung zu meiner Tante Anne zurückkehren und nicht vergessen, warum ich diese Zeilen alle schreibe.

8. Kapitel

In all diesen Wirren hatte ich zu meinen Pateneltern nur selten Kontakt. Wir sahen uns bei Familienfesten oder bei meiner Oma. Mittlerweile lebte meine Oma bei ihrer jüngsten Tochter, meiner Tante Katharina. Diese sorgte sich rührend um ihre Mutter bis zu deren Tod.
Wenn wir uns trafen, hatten wir immer viel zu lachen.

Meine Pateneltern, vor allem Tante Anne besuchten meine Oma sehr oft bei Tante Katharina. Oma hat diese Zusammenkünfte sehr genossen. Es war dort immer sehr gemütlich, und ich weiß heute nicht, wer sich wohler gefühlt hatte. Wir als Gäste, oder Katharina und Oma. Zwischen den beiden bestand überhaupt eine Art Symbiose. Katharina lebte auch eine schwierige Ehe. Sie musste sehr früh zur Arbeit und war oft sehr müde. Oma kannte ja diesen Zustand aus ihrem früheren Leben. So stützten sich beide gegenseitig. Katharina und wir alle vermissen Oma sehr. Katharina schleppt heute noch ein kleines gehäkeltes Täschchen von Oma mit sich herum. Auch meine Mutter hatte so einen Beutel von Oma gehäkelt bekommen. Den trage ich mittlerweile mit mir herum. So haben Katharina und ich unsere Mütter und ich meine Großmutter immer bei uns.

Tante Anne hat sich ganz besonders in den letzten Tagen von Oma sehr um sie bemüht, ihre Hände gestreichelt, sie lieb gehalten und vieles mehr. In der Zeit, in der Tante Anne so krank, das heißt vergesslich wurde, hat auch sie wieder und wieder ihre Mutter und die Worte ihres Vaters erwähnt.

9. Kapitel

Mein Rücken forderte nun äußerst schmerzhaft seinen Tribut. Ich wurde so krank, dass meine Bandscheiben operiert werden mussten. Erst viel später begriff ich, dass mein Rücken auf meine schlechte Ehe reagierte. Ich wollte mir das Scheitern nicht eingestehen, aber mein Rücken zwang mich dazu, mein Leben zu überdenken. Ich musste für viele Wochen ins Krankenhaus und anschließend zur Reha. Nun hatte ich Zeit – ein Zustand, der mir fast fremd war. Ich führte viele Gespräche mit den dort tätigen Ärzten. Ich begriff langsam, dass mein Mann und ich uns auseinandergelebt hatten. Als ich nach all diesen Wochen nach Hause kam, versuchte ich vorsichtig, meinem Mann die Situation zu erklären. Aber das war ein sinnloses Unterfangen. Ohne meine Eltern, meine Schwester, Oma und ohne das Bewusstsein, dass ich jederzeit zu meinen Pateneltern gehen konnte, hätte ich diese Zeit nur schwer überstanden.

Es heißt ja, eine Tür geht zu, und eine andere Tür geht auf. So war es auch in dieser schwierigen Zeit, in der sicherlich ein Schutzengel um mich herum gewesen sein muss. Ich lernte meinen späteren Wegbegleiter, Freund und Mann, Peter, kennen und lieben. Er steht nun schon über drei Jahrzehnte an meiner Seite. Von Anfang an gab ich ihm zu verstehen, dass ich nur im Vierer-Pack zu haben war. Er blieb gelassen und sagte: „Na und?" Er war auch nur im Zweier-Pack zu haben. So bekam ich über Umwege noch eine Tochter, unsere Domi.

Es war eine schwierige, aber vor allem schöne Zeit. Wir erlebten bis heute unendlich viel miteinander. Er bestand seine Flugprüfung, und wir entdeckten die Welt von oben mit dieser unglaublichen Herausforderung der Fliegerei. Wir erlebten Winter- und Sommerurlaube und herrliche Zeiten gemeinsam mit unseren Kindern. Trotz all dem gab es auch bei uns nicht immer nur eitel Sonnenschein. Doch alle Ecken und Kanten hatten eine feste Grundlage, die aus Respekt voreinander, einem großen Gefühl füreinander und der Bereitschaft zu reden bestand, auch wenn es schwerfiel.

Die Situation für die Kinder war natürlich sehr schwierig und hatte uns alle belastet. Sie mussten am meisten leiden. Heute sagen sie, dass es ein schmerzhafter Einschnitt in ihrem Leben war. Es hat viel Zeit gebraucht, aber aus heutiger Sicht war alles richtig. Ich hatte lange Zeit Schuldgefühle und war sehr kritisch mit mir. Aber ich würde wieder so entscheiden. Der Fehler geschah vorher, als ich mich den bestehenden Problemen nicht stellte. Mit drei Kindern ist das auch sehr schwer.

10. Kapitel

Heute sind unsere Kinder erwachsen. Wir haben viel Freude mit ihnen. Sorgen haben sie uns in der Vergangenheit nicht viel gemacht. Wir konnten alle Konflikte, auch die heftigsten, gut miteinander austragen und gemeinsam daran wachsen. Wir haben gelernt, uns zu vertrauen, aber auch einander loszulassen. Die Kinder loszulassen ist uns beiden manchmal sehr schwergefallen. Auch heute noch ist das nicht immer leicht. Was bleibt, ist ein Gefühl unendlicher Dankbarkeit für vier gesunde Kinder. Ebenso groß ist meine Dankbarkeit dafür, dass ich meinen Peter an meiner Seite weiß.

Ich habe durch ihn ganz viel Neues gelernt, wie Ski fahren und vor allem Tennis spielen. Diesen Sport betreibe ich heute noch leidenschaftlich und kann ihn vor allem mit meiner geliebten Damenmannschaft ausüben. Wir sind alle sehr befreundet miteinander und unternehmen auch viel außerhalb des Tennisplatzes. Das gibt uns allen viel Freude und auch Halt, wenn die Welt mal nicht so rosig ist.

Überhaupt hat der Sport mir immer wieder geholfen, meinen Kopf zu sortieren und weiter nach vorne zu schauen. Und es ist wunderbar, wenn man einen Partner mit gleichen oder ähnlichen Interessen hat. So können wir, wenn wir wollen, unseren Sport zusammen betreiben und gemeinsam den Kopf wieder frei bekommen.

Dann hat Peter nach langem Zaudern den Schritt zur Selbstständigkeit gewagt. Eines der größten Abenteuer unseres gemeinsamen Lebens. Diese Selbstständigkeit hat viel Kraft und Durchhaltevermögen gekostet, uns auf der anderen Seite aber auch unendlich viel gegeben.

Wir durften als Aussteller Messen erleben mit allem, was dazu gehört. Von Werbung und Messebau angefangen bis hin zu allen Facetten von Kunden und Interessenten. Langweilig war es uns nie miteinander. So konnten wir vertrauensvoll an unseren Aufgaben wachsen.

Auch in der Familie war er es, der mich immer wieder gestützt hat, wenn es schwierig wurde.

So erlebten wir schwierige Jahre mit meinen Eltern, vor allem mit meinem Vater. Der Verlust seines Sohnes und der Kampf, die Zeit ohne ihn zu meistern und für uns stark zu sein, war sicherlich der Auslöser für einen schweren Hinterwandinfarkt, den er mit etwas mehr als fünfzig Jahren erlitt. Es kam noch schlimmer. Kaum hatte er den Infarkt überwunden, musste ihm wegen schwerer Durchblutungsstörungen das linke Bein amputiert werden.

Ich darf an diese Zeiten nicht mehr denken, es war alles sehr schmerzlich. An Krücken konnte er nur schwer und unbeholfen gehen und stürzte daher immer wieder. So konnte er seinen Job als Hausmeister nicht mehr ausüben und ging in Rente. Auch die Wohnung im vierten Stock des Miethauses war für meinen Vater eine unüberwindbare Hürde.

Meine Eltern waren vor allem in dieser Zeit, aber auch schon vorher immer wieder zur Kur an der Nordsee. Sie verliebten sich beide in diese raue Gegend. So kam es, dass sie ein Reethäuschen kauften, dessen Besitzer verstorben war. Meine Mutter konnte kurz danach mit sechzig Jahren in den Ruhestand gehen. Meine Eltern waren nun stolze Hausbesitzer und zogen an die Nordsee. Es war unglaublich, aber wahr: Mein Vater lebte dort in dieser herrlichen Luft auf. Auch meine Mutter hatte auf einmal wieder Mut und großen Elan. Ich bewunderte sie sehr, denn die Krankheiten und die damit verbundene Pflege meines Vaters hatten sie sehr viel Kraft gekostet.

Mein Vater erlebte in seinem Paradies noch vier schöne Jahre. In seinem Todesjahr musste ihm – wieder wegen starker Durchblutungsstörungen – das zweite Bein amputiert werden. Er war sehr tapfer, so ohne Beine. Ich konnte diesen Anblick kaum ertragen. Von den Operationen und Schmerzen, die mein Vater erleiden musste, abgesehen, ging es meiner Mutter infolge der vielen „Pflegejahre" auch nicht mehr so gut. Ich denke, ihr „Paradies" hat sie trotzdem beide ein wenig durch diese Zeit getragen. Wir besuchten sie in ihrer Idylle so oft es uns möglich war. Da Peter seinen Flugschein hatte, konnten wir mit einem gecharterten Flieger nach Heide/Büsum fliegen. Über der Elbe riefen wir meine Eltern an, Mutti stand dann meist schon am Flughafen und winkte, wenn wir landeten. Es war eine schwierige, aber auch unendlich glückliche Zeit, die wir mit ihnen erleben durften. Ich sehe meine Mutter noch heute dort stehen und winken und sehne mich sehr nach dieser Zeit zurück.

Sogar meine Oma erlebte das Reethäuschen vor ihrem Tod für ein paar glückliche Wochen. Auch Tante Katharina verlebte dort mit ihrem Mann viele schöne Zeiten, die sie nie vergessen wird. Gerade Tante Katharina und ihr Mann haben an dem Häuschen sehr viel gearbeitet und damit meinen Eltern geholfen, das Häuschen instand zu setzen. Sie müssen sich ein altes, ganz einfaches Reethäuschen vorstellen, das in der Küche noch über einen Alkoven verfügte, dessen Rauch nur schlecht abzog. Es waren schon einige Umbauarbeiten nötig, um daraus ein einigermaßen bewohnbares Häuschen zu machen. Wir alle hatten Arbeit, wenn wir meine Eltern besuchten – die Geschwister meiner Mutter, unsere Kinder, jeder von uns. Aber es waren Tage oder Wochen, die für uns unvergesslich bleiben.

Papa starb kurz vor seinem 69. Geburtstag. Meine Mutter wurschtelte irgendwie weiter in ihrem Häuschen. Wir fragten spätestens jetzt, ob es wirklich gut war, dass sie sechs bis acht Stunden Autofahrt von ihrer Familie entfernt war.

Wir besuchten sie alle, oder sie kam zu uns, aber wirklich froh war sie nicht mehr. Sie hatte nette und immer wieder hilfsbereite Nachbarn, aber meinen Vater konnte niemand ersetzen.

Vor allem der lange und raue Winter an der Nordsee mit seinen dunklen Tagen machte meiner Mutter zu schaffen. Auch musste der Alkohol wieder des Öfteren als Tröster herhalten.

11. Kapitel

Ich arbeitete mittlerweile bei einer Bundesbehörde im Nachbarort und fühlte mich dort sehr wohl. In meiner letzten Dienststelle hatte ich durch meine Trennung und Scheidung große Schwierigkeiten bekommen. So kam der Wechsel für mich wie gerufen. Ich arbeitete dort schon bestimmt ein halbes Jahr, als ich eines Tages in einer Seitenstraße einkaufen ging und bemerkte, dass mir der Supermarkt, ja die ganze Gegend irgendwie bekannt vorkamen. Stellen Sie sich vor, wie verdutzt ich war, als ich erkannte, dass dort früher meine Pateneltern gewohnt hatten. Ich war ja als Kind oft zu Besuch gewesen. So ging ich natürlich in meiner Mittagspause die Häuserzeile und die Straßen entlang und fühlte mich in meine Kindheit zurückversetzt. Es hatte sich kaum etwas verändert.

In mein Büro zurückgekehrt, suchte ich die Telefonnummer meiner Pateneltern heraus und rief sie an. Der Kontakt war, wie schon geschildert, in dieser Zeit nicht sehr eng. Was war das für eine Freude, als sie erfuhren, dass ich in der Nähe arbeitete! Sie wohnten zwar mittlerweile in einem anderen Stadtteil, aber auch dieser war nicht weit weg von meiner Dienststelle.

Ab diesem Zeitpunkt war ich öfters in meiner Mittagspause dort zum Essen. Es war für uns alle eine warme und herzliche Zeit, in der wir uns viel zu erzählen hatten. Ich bemerkte schon damals, dass meine Kusine manchmal ein bisschen eifersüchtig war, machte mir aber darüber keine großen Gedanken. Das war ein großer Fehler.

Meine Pateneltern und ich freuten uns miteinander, und mein Peter unterstützte mich auch in dieser Hinsicht. Als Überraschung buchte er in der Weihnachtszeit sogar ein Konzert im Dom für uns alle. Danach waren wir bei Tante Anne und Onkel Willi und sprachen bei einem guten Glas Wein über vergangene Zeiten, vergaßen den Alltag.

Aber auch das war nicht von Dauer. Ich bemerkte, dass es meiner Tante Anne manchmal nicht gut ging. Sie hatte eigenartige Stimmungsschwankungen und war auch irgendwie traurig. Mein blinder Onkel Willi sagte mir irgendwann am Telefon, dass meine Tante Termine vergaß oder das Bügeleisen nicht abstellte, ja, dass sie immer öfter wichtige Dinge vergaß. Da er blind war, war das eine gefährliche Situation. So beschlossen meine Schwester, Tante Katharina und ich, gemeinsame Unternehmungen zu organisieren. Wir wollten Kontakt halten und die Situation beobachten. Wir wollten meiner Tante zeigen, dass wir an ihrer Seite standen, ihr damit eine Freude bereiten, aber auch meinem Onkel die Situation für diese Zeit ein bisschen leichter machen. Was wir alles unternahmen! Uns fiel immer wieder etwas Neues ein. Wir gingen in den Palmengarten, in die Gartenausstellung oder in Gemäldegalerien, in den Zoo und ähnliches.

Ich dachte, mein Onkel Willi und meine Kusine freuten sich mit uns, wenn wir fröhlich nach Hause kamen. Da irrte ich mich allerdings.

Die Situation spitzte sich immer mehr zu, und ich bin heute noch froh, dass ich Peter immer wieder mein Herz ausschütten und mich mit ihm beraten konnte.

12. Kapitel

Meine Mutter wurde siebzig Jahre alt, und die ganze Familie feierte mehrere Tage lang dieses Ereignis. Wir werden diese Tage nie vergessen. Es waren die letzten schönen Tage mit unserer Mutter. Alle unsere Kinder mit Freunden und Freundinnen, die Geschwister meiner Mutter und wir natürlich waren auf dem Grundstück meiner Mutter an der Nordsee. Meine Onkels und Tanten hatten Zimmer gemietet, die Kinder hatten Zelte aufgebaut, und wir schliefen auf Matratzen im Wohnzimmer. Was haben wir gealbert und gelacht! Jeder packte mit an und half. Es war wirklich erstaunlich, dass unter so vielen Menschen in den sechs bis acht Tagen nicht ein böses Wort fiel und einer dem anderen half. Meine Mutter saß dazwischen und war sehr stolz auf ihre Kinder und die ganze Familie. Sie hatte vor diesem Tag Angst gehabt, dass ihr die Vorbereitungen und Gäste zuviel würden. Aber diese Angst legte sich schnell. Nicht nur die Geschwister meiner Mutter, die heute noch leben, auch wir und unsere Kinder erinnern sich gern an diese Tage.

Wir erlebten aber auch, dass meine Tante Anne durcheinander und verwirrt war. Sie wollte ständig in ihr Hotelzimmer und war im Kopf manchmal ganz woanders. Aber wir nahmen sie an die Hand, wenn wir zusammen ins Watt gingen, und passten auf sie auf. Das war ganz selbstverständlich. Die Stimmung war entspannt und fröhlich, genau das was uns allen, aber besonders meiner Tante guttat.

Mein blinder Onkel verbrachte in all den Jahren seine Sommerwochen bei seiner Schwester, die zwar auch im hohen Norden wohnte, allerdings ganz woanders als meine Mutter. Auch in diesem Jahr wollte er darauf nicht verzichten und war deshalb bei der Feier nicht dabei. Wenn ich heute darüber nachdenke, fällt mir auf, dass ihn niemand vermisst hat. Eigenartig, dass mir das damals gar nicht bewusst war.

Wir ahnten noch nicht, was sich in den nächsten drei Jahren alles ereignen sollte.

13. Kapitel

Meine Tante wurde zusehends trauriger, um nicht zu sagen depressiv. Wenn ich sie anrief, weinte sie sehr und wusste nicht weiter. Bei diesen Telefonaten ging sie immer weg von meinem Onkel, zum Beispiel ins Bad oder auf den Balkon. Mein Onkel sollte nicht hören, was sie sagte, und dass sie so verzweifelt war. Manchmal saß sie, nach eigener Aussage, auf dem Badewannenrand und flüsterte nur noch mit mir. Natürlich versuchte ich ihr gut zuzureden und ihr Mut zu machen. Aber es reichte alles nicht.

Das Schönste für mich war, wenn sie mich „Schnuckeline" nannte. Ich sehne mich manchmal so sehr danach, nochmals diesen Kosenamen von ihr zu hören. Aber das wird leider Erinnerung bleiben und tut sehr weh.

Viel später erfuhr ich, dass mein Onkel sehr wohl mitbekam und auch mithörte, was meine Tante meinte, mir geheim mitzuteilen. Dazu kam, dass mein Onkel mir in einem Telefonat erklärte, dass meine Tante trinken würde. Aber sie dürfte keinen Alkohol zu sich nehmen, da zwischenzeitlich die Hausärztin eine beginnende Demenz, eine Form von Alzheimer, diagnostiziert hatte. Sie hatten wohl auch zusätzlich eine Neurologin aufgesucht, die diese Diagnose durch Tests bestätigt hatte.

Meine Tante war also dement, mein Onkel blind und meine Kusine hilflos und selbst leidend. Hinzu kamen Aggressionen zwischen den dreien, die ich zwar spürte, aber damals gar nicht nachvollziehen und verstehen konnte.

Keiner von uns erkannte den Ernst der Situation. Wer kann das schon, wenn es um beginnende Demenz geht? Ich meine damit Aggressionen, Traurigkeit, Depressionen und das Spüren des Betroffenen, dass er sein Gedächtnis verliert und sich in seinem Leben alles verändert. Sogar Fachkräfte sind mit dieser Krankheit und ihren Auswirkungen oft überfordert.

Mein Onkel bat mich schließlich telefonisch, dringend zu kommen. Er müsste seine Papiere ordnen, ob ich ihm wohl helfen würde. Ich sagte natürlich sofort zu. Ich wollte helfen, wollte ein bisschen Wärme und Herzlichkeit mitbringen. Dieser Tag wurde jedoch ein Drama. Bis zu diesem Zeitpunkt dachte ich, dass es so etwas nur im Film gab. Aber nein! Es war schreckliche Realität.

Meine Kusine war an diesem Tag ebenfalls anwesend. Zu dieser Zeit konnten wir noch freundlich miteinander umgehen.

Als ich an besagtem Tag zu meinen Pateneltern kam, war mein Onkel sehr angespannt. Dennoch freuten beide sich, dass ich da war. Dann gingen wir an die Ordner. In einer Ecke stapelte sich die Post von ein paar Monaten. Das hieß, dass meine Tante und mein Onkel seit dieser Zeit keinen Überblick mehr über das gemeinsame Leben hatten. Ich fing an, das Ausmaß der Misere zu begreifen.

Meine Kusine und ich hefteten chronologisch die liegengebliebene Post ab und warfen abgelaufene Schreiben und Rechnungen auf den Boden. Meine Tante wehrte sich und weinte und rief immer wieder, dass sie das doch selbst erledigen könnte, und sie das doch auch in all den Jahren immer getan habe. So erklärte sich auch der Stapel Post in der Ecke. Sie hatte da niemanden rangelassen, weil es ihre Aufgabe war. Ich nahm sie in den Arm und versuchte ihr alles zu erklären, aber vergeblich. Es war einfach nur schrecklich. Sie kroch auf dem Boden herum, sammelte die Papiere wieder auf und weinte still vor sich hin. Sie nahm dann den ganzen Papierkram und schaffte alles ins Schlafzimmer. Ich versuchte, ihr auf liebevolle Weise alles wieder wegzunehmen. Aber alle Mühe war umsonst. Mein Onkel und meine Kusine gaben mir zu verstehen, dass das wohl so schon längere Zeit so war. Ich verstand, dass hier alle verzweifelt waren. Es ging hier nichts mehr mit Liebe oder Verständnis oder sogar mit Vernunft. So etwas hatte ich auch noch nie erlebt. Die ganze Verzweiflung ging auch ein bisschen auf mich über.

In all dem Papierwust fand ich drei bis vier kleine Schuldzettel, auf denen große Summen angegeben waren, wie 5000 Mark oder 3000 Euro. Meine Kusine bemerkte das und nahm mir die Zettel sofort aus der Hand mit der inständigen Bitte, niemandem etwas davon zu erzählen.

Vor allem ihr Vater dürfte davon nichts mitbekommen. Ihre Mutter hatte ihr wohl diese Gelder gegeben, da meine Kusine öfters in finanziellen Schwierigkeiten war. Aber ich hatte zuvor von meinem Onkel erfahren, dass auch er meiner Kusine immer wieder mit größeren Beträgen geholfen hatte. Davon wiederum durfte meine Tante nichts erfahren. Ich sah schon, dass hier die ganze Familie nicht ehrlich, aber vor allem auch nicht vertrauensvoll oder liebevoll miteinander umging. Meine Kusine war regelrecht patzig, und mein Onkel hatte einen derart schroffen Ton, wenn er mit uns sprach, dass sich mir das ganze Herz verkrampfte. Ich musste ihn wiederholt bitten, nicht so mit mir zu reden.

Eigentlich bin ich an diesem Tag nur meiner Tante Anne zuliebe geblieben. Und ich begriff, dass nur sie geschützt werden musste, nicht mein Onkel, nicht meine Kusine. Die beiden arbeiteten miteinander gegen meine Tante. Es war schlimm für mich, das zu erleben. Aber wie schlimm musste das für sie gewesen sein?

Mein Onkel und meine Kusine zeigten mir ein Schreiben, das sie eine Woche vor diesem Tag ans Gericht geschickt hatten, worin mein Onkel um Hilfe für sich bat, da er meinte, sich vor meiner Tante schützen zu müssen. Ich musste vor ihnen mein Entsetzen verbergen.

Ich war froh, aber auch sehr erschöpft, als ich abends endlich zu meinem Peter nach Hause fahren konnte. Wir hatten zwei Ordner meines Onkels gemeinsam so sortiert, dass er wusste, wo die wichtigsten Papiere waren. Auch meine Kusine war nun über alles informiert. Ich wusste zu diesem Zeitpunkt nicht, dass das für meine Tante eine große Falle werden und schließlich für sie zu einer regelrechten „Enteignung" führen sollte.

Meine Tante und mein Onkel waren offensichtlich nicht unvermögend, was später leider zum Schicksal meiner Tante werden sollte. Aber zu diesem Zeitpunkt ahnte ich noch nicht, zu welchen Schritten mein Onkel und seine Tochter in der Lage waren.

14. Kapitel

In diesem Sommer verbrachte mein Onkel wieder seinen Sommer bei seiner Schwester an der Nordsee. Meine Tante hatte in all der Zeit eine „Freundin", die auch zu meinen Pateneltern nach Hause kam. Ich nenne sie hier Frau Meinel. Sie hatten sich auf einer der letzten Reisen meiner Pateneltern kennengelernt. Auch Frau Meinel schätzte, wie meine Tante, schöne Musik und Kunst. Ab diesem Sommer war Frau Meinel manchmal täglich bei meiner Tante. Wie sich erst viel später herausstellte, stand sie in einer speziellen Beziehung zu meinem Onkel.

Mein Onkel hatte meine Tante in der Hoffnung alleingelassen, dass sie in ihrer beginnenden Demenz etwas „anstellte", wie er sich später bei einem Telefonat ausdrückte, damit er endlich beweisen konnte, dass er derjenige war, der beschützt werden musste. Er beauftragte die angebliche Freundin, ihn über alle Vorkommnisse in seiner Abwesenheit telefonisch zu informieren. Er wollte sich nur noch von meiner Tante befreien. Es war keine Achtung oder Liebe mehr da. Es war sehr traurig, dies alles mitzuerleben. Ich hatte meinen Onkel in der Vergangenheit so verehrt!

Ich war in dieser Zeit mindestens einmal in der Woche bei meiner Tante. Wir versuchten, etwas zu unternehmen. Manchmal ging meine Schwester mit und manchmal auch Tante Katharina. Frau Meinel war häufig ungehalten, wenn sie umsonst kam und meine Tante mit uns unterwegs war.

Nach langer Überlegung fasste ich mir ein Herz und rief die Schwester meines Onkels an. Sie betreute schon all die Zeit einen weiteren Bruder, der ebenfalls behindert war. Sie erzählte mir, dass mein Onkel sie sogar gefragt hätte, ob er nicht auch fest bei ihr wohnen könnte, weil er es mit meiner Tante nicht mehr aushielt. Aber sie konnte ja nicht beide Brüder betreuen, das ging über ihre Kraft. Außerdem fand sie das Verhalten meines Onkels auch nicht richtig. Deshalb hatte Onkel Willi an der Nordsee in ihrer Nähe bei einem Heim angefragt wegen eines Heimplatzes. Sie war sehr verständnisvoll am Telefon und wollte mit ihrem Bruder eindringlich reden. Ob sie das je getan hat, weiß ich nicht. Das Verhalten meines Onkels änderte sich jedenfalls nicht. Für die Aussage der Schwester war ich sehr dankbar, denn so begriff ich langsam, was mein Onkel vorhatte. Er versuchte, für sich ganz allein einen angenehmen Ort zu finden, an dem er bleiben konnte, und wollte damit seine Frau nach fünfzig gemeinsamen Jahren im Stich lassen.

Wir alle waren aufgrund der fast aussichtslosen Situation ratlos. Aber wir wollten diese Ohnmacht nicht zulassen und informierten uns im Internet über ambulante Betreuung, Heime, Demenz und dergleichen. Vielleicht war es ja doch noch möglich, Hilfe in irgendeiner Form zu organisieren. Ich nahm Kontakt zum Leiter unserer Altenbetreuung am Ort auf. Er gab mir eine Liste mit allen Betreuungsmöglichkeiten der Umgebung, Kontaktaktadressen und Telefonnummern sowie Ansprechpartnern. So hatte ich das Gefühl, wenigstens ein bisschen helfen zu können. Aber auch das sollte sich als Trugschluss erweisen, denn Hilfe war schon zu diesem Zeitpunkt nicht mehr möglich.

Was mein Onkel und meine Kusine sich erhofft hatten passierte nicht. Meiner Tante ging es ohne meinen Onkel viel besser, so schien es damals. Nur mit meiner Kusine lag sie im Clinch, weil diese immer etwas an ihr auszusetzen hatte, wenn sie nach dem „Rechten" sah. Weder mein Onkel noch meine Kusine begriffen, dass hier nur mit viel Liebe und fachkundiger Hilfe etwas erreicht werden konnte. Mit Worten war das nicht zu bewerkstelligen. Wie sich später herausstellte, hoffte meine Kusine gemeinsam mit ihrem Vater darauf, dass meine Tante in dieser Zeit etwas passierte.

Meine Patentante hatte meinen Onkel fünfzig Jahre lang überall hinbegleitet. Sie war sein Auge. Sie hatte meiner Kusine alles ermöglicht, was man sich nur vorstellen kann: Klavierunterricht, Bastelstunden und vieles andere mehr. Sie war ihren zwei Enkeltöchtern eine zwar strenge, aber liebevolle Oma. Sie war immer da, wenn meine Kusine krank war und ins Krankenhaus musste. Doch nun gab es keine Liebe und keine Achtung mehr zwischen meinen Pateneltern und auch keine Achtung und Liebe zwischen Mutter und Tochter.

15. Kapitel

Mein Onkel kehrte nach sechs Wochen erholt zurück. Das Elend ging weiter.

Das Schreiben ans Gericht führte dazu, dass sich das Familiengericht einschaltete. Ein Vormundschaftsrichter kündigte sich an. Dazu war aufgrund des ausführlichen Schreibens meines Onkels verpflichtet, das dieser seiner Tochter diktiert hatte. Mein Onkel bat mich, bei diesem Termin anwesend zu sein.

In den Wochen bis dahin war bei meinen Pateneltern die Hölle los. Mein Onkel erklärte mir, dass meine Patentante wiederholt weglief. Außerdem benutzte sie manchmal auch nicht mehr die Toilette. Sie suchte eine Ecke der Küche für ihr Geschäft auf, und immer wieder fanden mein Onkel und meine Kusine kleine Fläschchen Sekt bei ihr. Es ging so weit, dass meine Tante meinen Onkel angeblich schlug, wenn er ihr zu nahekam. Ich konnte das alles nicht glauben, denn mit mir war meine Tante ganz sanft, weinte aber viel und war sehr depressiv. Es musste Hilfe in irgendeiner Form her, und zwar schnell. Deshalb war ich froh über diesen Termin mit dem Vormundschaftsrichter. Ich dachte damals noch, dass endlich fachkundige Hilfe eintreffen und etwas für meine Pateneltern getan würde.

Der Vormundschaftsrichter war ein ruhiger, noch sehr junger Mann, der mit uns allen erst zusammen und anschließend mit jedem von uns einzeln sprach. Die Situation war sehr angespannt. Ich musste ihm erklären, wer ich bin und warum ich überhaupt anwesend war. Dann erklärte mein Onkel und auch meine Kusine, warum sie mit dem Schreiben um Hilfe gebeten hatten. Schließlich wurde meine Tante befragt, aber sie weinte nur und erklärte, dass sie sich das Ganze gar nicht erklären konnte. Dann kam jeder von uns einzeln dran. Nach einer ganzen Weile kam meine Kusine aus dem Zimmer. Sie weinte und schrie meinen Onkel an, dass der Schuss nach hinten losgegangen war, und sie nun gar nichts mehr verstand.

Mein Onkel verließ nach dem Gespräch mit dem Vormundschaftsrichter ebenfalls fassungslos das Zimmer. Als ich aufgerufen wurde, versuchte ich dem jungen Mann die Situation aus meiner Sicht zu erklären. Er hörte auch sehr genau zu. Er meinte anschließend sehr sachlich, dass er eine Betreuung für meine Tante einleiten würde.

Als der Familienrichter aufbrach, erklärte ihm mein Onkel fast wütend, dass er derjenige sei, der beschützt werden müsste, und dass er jetzt genau wissen wollte, was weiter entschieden werden sollte, dies wäre ja schließlich sein Haus. Der Familienrichter ging darauf nicht ein und verabschiedete sich.

So bekam meine Tante eine gerichtliche Betreuung in Gestalt einer Frau, die wohl regelmäßig Hausbesuche abstatten sollte. Doch meine Tante öffnete ihr manchmal einfach nicht die Tür. Was sollte die Betreuerin da ausrichten? Sie war in dieser Situation offenbar hilflos, hatte ich den Eindruck, und dieser Eindruck verstärkte sich während eines Telefonat mit ihr noch. Ich fragte mich damals, wozu eine Betreuerin eingesetzt wurde, die selbst derart hilflos war und überfordert wirkte.

In der Zwischenzeit fuhr ich noch einmal zu meinen Pateneltern. Meine Kusine war an diesem Tag zufällig auch dort. Ich teilte meinem Onkel die Informationen mit, die ich zusammengetragen hatte, und nannte ihm Einrichtungen, in denen sie beide betreut werden könnten. Er fragte nur ganz kurz, wer das denn bezahlen sollte und ob ich die Kosten übernehmen würde; ob mir bewusst sei, dass er nur eine kleine Rente habe, die dafür hinten und vorne nicht ausreiche.

Das war so scheinheilig. Darauf fielen mir keine Argumente mehr ein. Meine Kusine war nur genervt und hatte keine Meinung mehr. Ich ließ schließlich alle Unterlagen dort und fuhr deprimiert nach Hause.

Zwei bis drei Wochen später, ich hatte wieder und wieder mit meiner Tante traurige Telefonate geführt, bekam ich einen Anruf von meinem Onkel. Er erklärte mir kurz und bündig, dass sich meine Tante schon seit ein paar Tagen in einer geschlossenen Einrichtung der Psychiatrie befand. Nach der Schilderung meines Onkels hatte sich Folgendes abgespielt:

In der Nacht, ein paar Tage zuvor, hatte meine Tante wohl nur geweint und war so daneben, dass sie ihr Bett einnässte. Mein Onkel rief in seiner Verzweiflung den Notarzt, der meiner Tante eine Beruhigungsspritze gab und wieder ging. Meine Kusine kam dazu und alles war sehr dramatisch. Am darauffolgenden Tag lag meine Tante angeblich betrunken und singend auf der Couch. Als er sie aufgebracht bat, ins Bett zu gehen, schlug sie wie wild um sich und schlug angeblich auch ihn. Daraufhin rief er wieder seine Tochter an. Die beiden riefen schließlich die Hausärztin, die auch umgehend kam. Sie kannte ja die Familie und auch die Umstände.

So wurde meine Tante in die Psychiatrie eingeliefert, mit Hilfe ihres eigenen Ehemanns, ihrer Tochter und der Hausärztin.

Nachdem ich mir das alles angehört hatte, fragte ich meinen Onkel, warum er mich denn nicht gleich angerufen hätte. Ich wäre doch sofort gekommen und hätte diesen Schritt vielleicht verhindern können. Er meinte nur, dass er keine Kraft mehr hätte und auch nicht weiterwüsste. Ich wollte noch wissen, wie er jetzt zurechtkam, weil er ja blind war und Hilfe brauchte. Aber er sagte, das wäre keine Problem, denn seine Tochter komme jeden Tag und Frau Meinel wäre außerdem gerade zum Abendbrot da. Er hätte jetzt auch keine Zeit mehr, weiter mit mir zu sprechen.

Mir wurde am Telefon sehr bewusst, dass ich trotz meiner ohnmächtigen Wut und Hilflosigkeit den Kontakt aufrechterhalten musste. Wie konnte ich sonst noch den Zugang zu meinen Pateneltern, aber vor allem zu meiner Tante erhalten?

Ich rief Katharina an, die Schwester von Tante Anne, erklärte ihr die Situation und bat sie, mit mir zu einem Besuch in diese Einrichtung zu kommen, in der sich Tante Anne nun befand. Sie fand keine Worte für das, was da geschah. Peter, meine Familie und ich, wir verstanden die Welt nicht mehr. Auch meine Schwester und meine Mutter verständigte ich telefonisch. Am nächsten Tag schon fuhren wir dorthin, Katharina und ich. Heute noch muss ich sagen, dass ich ihr für ihre Begleitung sehr dankbar war. Ich wusste zwar noch nicht was, aber ich wusste, dass etwas geschehen musste.

16. Kapitel

Wir trafen in der geschlossenen Abteilung der Psychiatrie ein. Nachdem wir an einer dicken Tür geklingelt hatten, mussten wir uns mit Namen und Adressen eintragen und angeben, wen wir besuchen wollten. Meine Tante saß mit ihrer Tochter im Aufenthaltsraum. Meine Kusine bekam einen roten Kopf und sah uns abweisend entgegen. Unser Gesichtsausdruck war allerdings sicherlich auch nicht gerade freundlich. So zögerlich und frostig war dann auch die Begrüßung. Meine Tante freute sich allerdings sehr, als sie uns sah, und nahm uns alle in den Arm.

Am Ende des Flurs lag eine Frau auf einer Pritsche und wimmerte vor sich hin. In einem anderen Zimmer schrie ein Mann. Was für ein Ort! So etwas hatte ich auch noch nicht erlebt. Das war doch nichts für meine Tante. Offensichtlich wusste sie aber nicht, wo sie war. Denn sie erklärte uns, dass sie im Krankenhaus sei. Meine Kusine ging mit uns auf den Flur, und wir verlangten eine Erklärung von ihr, weil wir die Situation schlimm und sehr undurchsichtig fanden. Ziemlich patzig erklärte sie uns, dass sie und ihr Vater nicht mehr könnten und wie schrecklich auch für sie alles sei. Zudem habe ihr Vater sie auch noch gebeten, ihn bei sich aufzunehmen, da er ebenfalls sehr krank sei. Aber sie habe seine Bitte abgelehnt. Mein Onkel musste daraufhin weinend zusammengebrochen sein. Sie sagte recht abweisend, dass das wohl für ein paar Tage ging, aber nicht für immer, da sie ja selbst krank sei. So verabschiedete sie sich und ging.

Wir waren froh, dass meine Kusine so schnell gegangen war. Meine Tante vermisste plötzlich ihre Handtasche. Deshalb gingen Katharina und ich mit ihr in ihr Zimmer. Da stand meine Kusine, die sich doch eigentlich schon vor ein paar Minuten verabschiedet hatte, und suchte offensichtlich etwas in der Tasche ihrer Mutter. Sie erschrak, als sie uns sah, bekam schon wieder einen hochroten Kopf und versteckte eine Tasche unter der Bettdecke.

Ich erzähle das alles deshalb so ausführlich, weil damals schon ersichtlich wurde, dass meine Kusine nur auf das Geld meiner

Tante aus war. Ich hatte in der Vergangenheit mitbekommen, dass meine Kusine immer wieder finanzielle Probleme hatte. Unter anderem auch durch ein Geschäft in der Nähe ihres Wohnortes, das meine Kusine mit ihrer Tochter etwa ein Jahr zuvor eröffnet hatte, das aber offensichtlich nicht gut ging. Sie kauften und verkauften dort Weine und verschiedene Essig- und Ölsorten.

Meine Pateneltern hatten mir gegenüber schon wiederholt angedeutet, dass das Geschäft nicht gut lief, und machten sich deswegen schon die ganze Zeit über große Sorgen. Sie hatten wohl auch beide meine Kusine vor diesem Schritt gewarnt. Aber sie hatte alle Warnungen in den Wind geschlagen und war nun auch dieser Situation offensichtlich nicht gewachsen. Meine Pateneltern wollten ihre einzige Tochter nicht im Stich lassen und unterstützten sie immer wieder mit größeren Summen – meine Tante, ohne dass mein Onkel davon wusste, und mein Onkel, ohne dass das meine Tante es wissen durfte. Doch fast immer fliegen solche „Heimlichkeiten" irgendwann auf.

Katharina und ich sahen uns verständnislos an, als wir so offensichtlich meine Kusine ertappt hatten. Meine Tante hatte von dem Gespräch mit meiner Kusine und dem Vorfall mit der Tasche nichts mitbekommen, Gott sei Dank. Sie nahm ihre Tasche unter der Bettdecke hervor und wollte mit uns spazieren gehen. Die Bettnachbarin meiner Tante wiegte sich in ihrem Bett hin und her und erklärte uns, dass meine Tante nicht hinausdürfe. Das wollte ich nun wirklich nicht glauben. Ich ging zur Schwester und fragte sie, ob wir meine Tante für eine halbe Stunde mitnehmen dürften. Sie erklärte, dass wir uns nur in eine Liste mit Namen eintragen müssten, dann dürften wir für die halbe Stunde raus, aber wir müssten pünktlich wieder da sein.

Gesagt, getan. Wir waren froh, als wir diesen unwirtlichen Ort, der eher an ein Gefängnis erinnerte, verlassen konnten. Meine Tante freute sich sehr über die frische Luft, den Park und unseren Besuch. Die halbe Stunde war viel zu schnell vorbei. Wir mussten zurück und Tante Anne dort wieder abliefern. Sie wollte mit uns nach Hause fahren. Verständlich, oder? Wir mussten sie aber dort zurücklassen. Sie weinte, und auch wir weinten beim Abschied. Das war eine sehr traurige Heimfahrt. Ich nahm mir vor, am nächsten Tag den Familienrichter anzurufen. Tante Katharina fand diese Idee auch gut.

Als ich nach Hause kam, wollte Peter alles ganz genau wissen. Er war genau so entsetzt wie Katharina und ich. Es konnte doch nicht angehen, dass man einen Menschen einfach so weg-schließen konnte, nur weil er begann, dement zu werden und zu vergessen.

Am nächsten Tag erreichte ich schließlich den Vormundschaftsrichter und erklärte ihm die Situation. Er hörte auch zu und meinte, dass er die Betreuerin erneut schicken wollte. Wenn ich damals schon gewusst hätte, was ich heute weiß, hätte ich der ganzen offiziellen Betreuungsinstitution inklusive Gericht nichts mehr geglaubt.

Ein paar Tage später besuchten wir meine Tante erneut. Das Prozedere kannte ich ja schon. Dieses Mal begleitete mich meine Schwester. Ich war so glücklich, dass ich nicht allein an solch einen trostlosen Ort fahren musste. Gemeinsam waren wir ja auch stärker, zumindest hatte ich das damals noch gedacht.

Für diesen Besuch hatte ich meine Haarschneideschere mitgenommen, weil meine Tante schon beim letzten Mal sehr ungepflegt aussah und es offensichtlich niemand für nötig hielt, mit ihr zum Friseur zu gehen. Ich hatte meinen Kindern und auch mir selbst schon oft die Haare geschnitten, und so traute ich mir das locker zu. Wir versuchten, mit meiner Tante immer fröhlich zu sein, aber trotzdem weinte sie viel. Als sie uns sah, wollte sie natürlich wieder mit uns weggehen und nahm ihre Tasche. Aber ich nahm sie in den Arm und erklärte ihr, dass ich sie erst schön machen wollte. Das gefiel ihr auch ganz gut. So schnitt ich ihr ihre Haare ziemlich kurz. Als ich fast fertig war – am Boden lagen die Schnittlauchlocken –, ging die Tür auf und eine recht kräftige, jüngere Frau kam auf uns zu. Sie sagte, sie sei die Vertretung der Betreuerin von Tante Anne. Anscheinend gefiel ihr, dass wir uns um sie so kümmerten. So dachte ich damals und war froh, endlich jemanden da zu haben, dem ich diese ausweglose Situation erklären und die ich um Hilfe bitten konnte.

Was waren wir naiv, um nicht zu sagen: dumm!

Ich erklärte der Betreuerin, dass meine Pateneltern nicht arm seien, und es sicherlich keine Frage des Geldes sein könnte, dass meiner Tante geholfen würde. Ich hatte ja schon lange vorher unter dem Siegel der Verschwiegenheit von der zuständigen Betreuerin erfahren, dass meine Pateneltern nicht unvermögend waren und auf der Bank einige Werte in Geld und Wertpapieren lagen, die die beiden in den gemeinsamen Jahren angesammelt, angelegt und gespart hatten.

Es war allerdings ein riesiger Fehler gewesen, dieser Frau mitzuteilen, dass meine Pateneltern nicht unvermögend waren. Aber ich vertraute, da ich dachte, dass Menschen, die für Gerichte arbeiten, vertrauenswürdig sind. Heute denke ich das nicht mehr, das können Sie mir glauben! Auf jeden Fall erklärte mir die Vertreterin – ich nenne sie im folgenden Frau O. –, dass sie sich um den Fall kümmern und uns helfen wollte, Tante Anne hier herauszuholen. Ich sah endlich einen Lichtblick am Horizont. Sie wollte sogar den Fall übernehmen, da die eigentliche Betreuerin längere Zeit krank und auch überfordert war. Sie gab uns ihre Visitenkarte und ging.

Nach diesem Gespräch schmiedeten wir mit Tante Anne Pläne. Wir sahen vor unseren Augen eine eigene kleine Wohnung, und wie wir sie einrichten wollten. Zu diesem Zeitpunkt fingen wir an uns zu freuen und wieder optimistischer zu werden. Dieses Mal verließen wir Tante Anne nicht so traurig wie das letzte Mal.

17. Kapitel

Mit Frau O. hatte ich ab diesem Zeitpunkt einen sehr engen Kontakt. Wir vereinbarten, dass sie für Tante Anne eine Bleibe suchte und wir sie anschließend gemeinsam aus der Psychiatrie herausholen wollten. Ich sollte meinem Onkel oder meiner Kusine nur nichts über diese Pläne verraten. Das hätte ich allerdings auch nicht getan. Ich empfand diese beiden Menschen, die ich einmal mehr oder weniger geliebt hatte, mittlerweile nicht mehr als sehr vertrauenswürdig. Die Suche zog sich allerdings noch etwa drei Wochen lang hin. In der Zwischenzeit besuchten wir regelmäßig meine Tante. Einmal war Katharina mit, ein anderes Mal meine Schwester. Tante Anne war jetzt auch nicht mehr ganz so traurig, da wir ja immer Pläne mit ihr schmiedeten.

Frau O. meldete sich tatsächlich eines Tages und erklärte mir, dass wir Tante Anne am folgenden Tag, ganz früh am Morgen abholen könnten. Ich sollte auf die Station der Psychiatrie kommen und niemandem etwas davon sagen. Wenn ich damals gewusst hätte, welches Spiel Frau O. mit uns allen spielte, wäre ich am nächsten Tag nicht mit solch einer Freude im Herzen losgefahren.

Frau O. war am nächsten Morgen tatsächlich da und hatte schon allen Papierkram erledigt. Ich nahm Tante Anne in den Arm, wir freuten uns unbändig, und ich dachte, wir schlagen allen ein Schnippchen. So fuhren Tante Anne und ich hinter Frau O. her. Ich dachte, sie hätte eine Wohnung gefunden, aber dem war nicht so. Wir fuhren in ein Alten- und Pflegeheim in der Nähe. Ein großer Fluss floss beschaulich am Park des Heims vorbei. Tante Anne wurde in ein Zimmer geführt, in dem bereits eine alte Frau im Bett vor sich hindämmerte. Hier war nichts mehr beschaulich. Frau O. erklärte uns, dass das nur vorübergehend sei, bis sie eine andere Bleibe gefunden hätte. Das war nicht das, was wir uns vorgestellt hatten. Trotzdem glaubte ich Frau O., obwohl bereits Zweifel in mir nagten. Ich weiß heute, dass uns Frau O. hemmungslos benutzt hat.

Nachdem uns der Heimleiter begrüßt und uns mitgeteilt hatte, dass zur Zeit kein Einzelzimmer frei wäre, ging Frau O. und ließ mich mit Tante Anne allein. Einen Vorteil hatte das Heim: Tante Anne konnte wieder freikommen und gehen, wie sie wollte. In der geschlossenen Psychiatrie hingegen war sie richtig eingesperrt gewesen. Trotzdem waren wir bedrückt und ratlos. Wir hatten ja mit einer kleinen Wohnung gerechnet und nicht mit einem Heimzimmer, das noch nicht einmal ein Einzelzimmer war. Ich rief weinend meinen Peter an und erklärte ihm die Lage, aber er wusste auch keinen Weg und bat mich sehr ernst, sie erst einmal in dem Heim zu lassen und nach Hause zu kommen, dann würden wir weitersehen. Tante Anne weinte und bettelte, ich solle sie doch mit zu mir nehmen. Sie würde mir helfen und alles für mich tun.

So saßen wir beide auf der Bank in dieser schönen Parklandschaft und weinten. Das war nicht das, was Frau O. uns versprochen hatte. Dass ich meine Tante nicht doch einfach mitgenommen habe, werfe ich mir noch heute manchmal vor. Aber wie hätte das gehen sollen? Meine Kinder waren noch alle zu Hause, wir hatten das Geschäft und zu allem Übel war zu der Zeit auch noch meine Mutter erkrankt und lag im Krankenhaus an der Nordsee. War ich feige oder zu bequem? Es gab da ja auch familienrechtliche Konsequenzen. Was würden mein Onkel und meine Kusine sagen, wenn sie von der ganzen Aktion erfahren würden? Sie wussten ja jetzt nicht, wo Tante Anne war. Mir ging so viel durch den Kopf: meine Verantwortung für die Kinder, meine Mutter, auch für Peter, unsere Arbeit und unser Leben.

So ließ ich sie schweren Herzens in diesem Heim zurück, in der Hoffnung, dass wir eine bessere Lösung finden würden. Ich denke heute noch oft, dass es vielleicht auch eine andere Lösung gegeben hätte, aber welche? Die Zeit kann man leider nicht zurückdrehen, auch Entscheidungen nicht korrigieren. Aber war es eine Fehlentscheidung? Ich weiß es bis heute nicht und fühle mich nur schlecht, wenn ich daran denke.

Kurze Zeit darauf war es Herbst, die Blätter fielen. Tante Anne und ich gingen durch den Park der Einrichtung. Es hatte sich nichts getan, aber Frau O. versprach weiter, nach einer anderen Bleibe zu suchen. Mittlerweile wussten auch meine Kusine und mein Onkel, wo Tante Anne war. Das hatte ganz schön für Wirbel gesorgt, dass

Frau O. und ich Tante Anne aus der Psychiatrie geholt hatten. Die beiden waren stinksauer auf mich und Frau O. Heute weiß ich, dass Frau O. uns gegeneinander ausgespielt hat. Dass ich nicht früher gemerkt hatte, welche Intrigen hier gesponnen wurden! Haben wir nicht genug nachgedacht?

Gott sei Dank begleitete mich bei diesen Besuchen immer Katharina oder meine Schwester. Bei einem unserer Besuche war nach unserem Spaziergang, oh Schreck, meine Kusine mit ihren beiden Töchtern im Zimmer meiner Tante. Welch eine Eiseskälte diese Begegnung umgab! Meine Schwester und ich verabschiedeten uns, aber die älteste der Töchter lief uns weinend nach und bat um ein Gespräch. Wir setzten uns und versuchten uns gegenseitig zu erklären, wie sich die Situation aus den verschiedenen Blickpunkten darstellte. Wir wussten viele Dinge nicht, die uns die Tochter schilderte, und sie wusste nichts von unseren Erlebnissen. Wir weinten alle drei und versprachen, miteinander in Kontakt zu bleiben.

Es sollte bei diesem Versprechen bleiben. Ich glaube, dass meine Kusine weitere Kontakte unterbunden hatte, da sie in ihrer Krankheit und Morphiumabhängigkeit total überfordert war mit der Situation. Gemeinsam war aber auch nichts mehr möglich. Die Fronten hatten sich verhärtet. Vor allem, da wir von der Tochter erfuhren, dass Onkel Willi sehr krank war und mittlerweile bei meiner Kusine wohnte. Sie erklärte uns außerdem, dass die Wohnung meiner Pateneltern aufgelöst werden sollte. Da die Vier-Zimmer-Wohnung von der Bank gemietet war, war sie zu groß für eine Einzelperson. Mein Onkel wollte auf keinen Fall mehr nach Hause, und meine Tante konnte schlecht allein darin wohnen. Auch stellte sich die Frage, wer für die Miete und alle Nebenkosten aufkommen sollte? Ich erfuhr später, dass zu diesem Zeitpunkt schon das Vormundschaftsgericht weitere Schritte in die Wege geleitet hatte.

Mein Onkel war blind und krank, meine Tante dement und meine Kusine krank und überfordert. Es war für alle Beteiligten ein untragbarer Zustand. Nur, es lief in vollkommen falsche Bahnen.

Wir dachten, wir könnten doch noch alles zum Guten wenden, aber schon damals war das nicht mehr möglich.

Tante Anne war unglücklich in dem Heim. Immer wieder wollte sie nach Hause. Sie hatte in all den Jahren die Wohnung so liebevoll und gemütlich eingerichtet mit teuren Teppichen, Schränken und vielem mehr. Es war schlimm für sie, nicht mehr in ihrem Zuhause sein zu dürfen. Darunter hat sie, denke ich, am meisten gelitten. Das hat so an ihr genagt, dass sie ihre Daumennägel regelrecht abgekratzt hat. Tante Anne war in einem schlimmen psychischen Zustand, der sich in dem Heim am Main mehr und mehr verschlechterte, damit natürlich auch ihre Demenz. Sie wurde ständig untersucht, es wurden Gutachten erstellt, nur das, was sie dringend brauchte, bekam sie nicht: Liebe, Liebe und nochmal Liebe. In ihrem Leben war nichts mehr, wie es vorher war.

Für mich kam hinzu, dass meine Mutter so krank war, dass meine Schwester und ich sie Ende Oktober zu uns holen mussten. Erst lebte sie ein paar Wochen bei meiner Schwester, dann blieb sie über die Weihnachtsfeiertage bei mir.

Ich erklärte Frau O., dass meine Tante die Feiertage bei uns verbringen sollte, da ja auch ihre Schwestern bei uns waren. Tante Katharina hatte ich auch eingeladen. Peter redete immer von den Damen vom Grill, wenn er uns ansah. So hatten wir wieder etwas zum Lachen. Aber mit Tante Anne war das nicht so einfach, denn mein Onkel und meine Kusine durften vorher nicht erfahren, dass ich Tante Anne zu mir holen wollte.

Wollte ich etwas an ihr gut machen? Wollte ich damals mein schlechtes Gewissen beruhigen? Ich weiß es nicht genau. Damals wollte ich einfach nur nicht, dass Tante Anne weiter diese Lieblosigkeit erfährt bei ihrem Mann, ihrer Tochter und ihren Enkelkindern. Sie hatte auch in diesen Tagen nicht nach ihrer Familie gefragt. Sie wollte nur immer in ihr Zuhause zurück.

Zwei Tage vor Heiligabend holte ich sie zu uns. Sie freute sich immer so sehr, mich zu sehen, dass mein Herz aufging, wenn ich sie in den Arm nehmen konnte. Ich höre sie immer wieder

„Schnuckeline" zu mir sagen. Das war so schön, so voller Liebe. Meine Mutter hatte sich zwischenzeitlich gut erholt und freute sich, als ich mit Tante Anne heimkam. Wir rückten alle ein bisschen zusammen. Ich denke gerne an diese Zeit.

Mit dem Telefonterror, der an Heiligabend bei uns einsetzte, hatten wir allerdings nicht gerechnet. Wir nahmen den Hörer nicht ab. Mein Onkel und meine Kusine sprachen immer wieder aufs Band. Sie bedrohten uns und schimpften wie die Rohrspatzen. Das Telefon klingelte fast ununterbrochen. Ich weiß bis heute nicht, in welchem Umfang uns Frau O. gegeneinander ausspielte. Ich weiß nur, dass sie die Situation und unsere Emotionen von Anfang an für sich nutzte, auch in diesen Weihnachtstagen.

Aber wir alle waren beieinander, und ich verwöhnte meine „Damen vom Grill" ein bisschen. Abends saßen wir gemütlich zusammen, oft bis tief in die Nacht, und fühlten uns sicher in unserem Haus. Diese Sicherheit war jedoch trügerisch. Wir spürten es auch, aber an diesem Heiligabend wollten wir nicht weiterdenken und uns miteinander wohlfühlen. Wir alle gingen in die Mitternachtsmesse, sogar unsere Domi ging mit. So schenkten wir uns an diesem Weihnachtsabend ein starkes Gefühl der Geborgenheit. Tante Katharina hakte ihre Schwestern unter, es war einfach schön. Domi saß in der Kirche neben Tante Anne und unterhielt sich leise mit ihr. Nachher meinte Tante Anne, sie hätte in der Kirche so eine nette, junge Frau getroffen, dies erzählte sie immer wieder. Wir mussten schon alle lachen, denn diese junge Frau war ja Domi.

Tante Anne war zeitweilig schon sehr vergesslich und in ihrer eigenen Welt. Immer wieder erzählte sie von ihrem Vater, der sie vor ihrem Mann schon vor der Hochzeit gewarnt hatte und gemeint hatte, dass Onkel Willi kein Mann für sie sei. Was sollten wir dazu sagen.

Wir und unsere Kinder versuchten alle, ihr Leid ein bisschen erträglicher zu machen. Silvester verbrachten wir schließlich bei meiner Schwester, und auch das waren unvergessliche, geborgene und gemütliche Tage.

Mir war schon elend, als ich Tante Anne im neuen Jahr zurück in das Heim brachte. Frau O. hatte ja angeblich noch nichts anderes gefunden. So mussten wir uns alle fügen. Mein Onkel war offensichtlich wirklich sehr krank, denn Frau O. erklärte uns eines Tages, dass er eine Krebserkrankung hätte. Deshalb musste nun die Wohnung tatsächlich aufgelöst werden.

Tante Anne war zwischenzeitlich immer wieder auf eigene Faust losgezogen und suchte verzweifelt ihre Wohnung, ihr Zuhause. Dabei verlief sie sich und musste mit Polizei oder fremden Leuten zurückgebracht werden. Konnte ihr das denn keiner ersparen?

An einem Sonntagabend rief Frau O. an und sagte, Tante Anne sei wieder verschwunden und schon den ganzen Tag unterwegs. Es war draußen bitterkalt. Peter fuhr mit mir sofort los. Wir suchten sie in der Nähe ihrer ehemaligen Wohnung. Dort gab es zu unserer Überraschung schon neue Mieter, ein junges Pärchen. Wir störten ungern an diesem Sonntagabend, es war schließlich schon nach 21.00 Uhr, klingelten dann aber doch, um nach Tante Anne zu fragen. Sie waren sehr hilfsbereit, hatten aber auch niemanden gesehen. Endlich rief Frau O. an und sagte, dass die Polizei Tante Anne gefunden hatte und zurückbrachte. Welch eine Erleichterung! Ich hatte sie in meiner Fantasie schon irgendwo erfroren liegen sehen. Das war eine Zeit! Ich glaube, Tante Anne hat auf der Suche nach ihrem Zuhause mehr als ein paar Schuhe abgelaufen und ihre Füße richtig wund gelaufen.

Ein paar Tage nach diesem Vorfall rief mich Frau O. an und sagte freudig, dass sie ein neues Zuhause für meine Tante gefunden hatte.

Ich vergaß übrigens zu erzählen, dass einige Möbelstücke meiner Tante, sowie Teppiche, Geschirr und Bestecke von Frau O. irgendwo aufbewahrt wurden. Viele Teile des Haushalts meiner Pateneltern wurden verkauft oder landeten auf dem Sperrmüll. Katharina konnte einen wunderschönen Schrank für sich retten, der ihr immer schon so gut gefallen hatte. Frau O. deichselte das alles. Wir alle glaubten ihr und waren sogar erleichtert, dass jemand diese Dinge in die Hand nahm.

Zu dieser Zeit lebte meine Mutter nach wie vor bei mir. Mein Schwiegervater hatte eine schwere Hüftoperation, die mit einer schlimmen Bakterieninfektion einherging und einen schwierigen Verlauf nahm. Wir mussten in unserem Geschäft alles am Laufen halten, von unseren Kindern gar nicht zu reden. Ich weiß heute nicht mehr, wie wir das alles gemeistert haben.

18. Kapitel

Nun hatte Frau O. ein neues Zuhause für meine Tante. Wie sich herausstellte, war das wieder ein Heim, ein jüdisches Wohnheim mit einem schönen großen eigenen Zimmer für Tante Anne. Als wir sie dorthin brachten, begleitete uns meine Mutter. Sie kannte ja solche Einrichtungen auch nicht von innen und sollte sie, Gott sei Dank, auch nie kennenlernen.

Aber, es war wieder keine eigene, kleine Wohnung, es war wieder ein Seniorenheim. Der einzige Vorteil im Vergleich zum anderen Heim war ein eigenes Zimmer.

Der Zustand von Tante Anne hatte sich verschlechtert. Das war nicht zu übersehen. Sie wurde immer vergesslicher und pflegte sich auch nicht mehr eigenständig. Ich erkannte das sehr deutlich und war froh, dass für Tante Anne gesorgt wurde. Ich hatte damals auch keinen anderen Weg gesehen. Es war so schwierig, hier das Richtige zu tun, vor allem, wenn man selbst im Alltag sehr eingespannt ist.

Die Leiterin des Heims war sehr nett und erklärte, dass meine Tante hier in den besten Händen sei. Meine Mutter sagte auch nichts mehr, und so fuhren wir wieder einmal sehr bedrückt nach Hause. Wie sich in den folgenden Wochen, in denen ich meine Tante regelmäßig besuchte, herausstellte, besorgte sich meine Tante immer wieder Wein, den sie heimlich in ihrem Zimmer trank. Wenn ich da war, bemerkte ich davon nichts, aber das sollte noch ein wichtiges Thema werden.

Auch die Freundin meiner Tante, Frau Meinel, kam nach wie vor regelmäßig zu Besuch. Sie war, wie früher schon, sehr ungehalten, wenn ich mit meiner Tante etwas unternahm und sie vergeblich kam. Aber ich konnte meine Zeit nicht auch noch nach ihr einteilen, obwohl ich sie auch ein bisschen verstehen konnte. Es verdichtete sich auch immer mehr der Verdacht, dass Frau Meinel nicht nur meine Tante besuchte, sondern auch alle Fakten, die sie in Erfahrung bringen konnte, meinem Onkel weitergab. Er war zu jeder Zeit über alles gut informiert. Ich wurde zusehends vorsichtiger gegenüber dieser Frau.

19. Kapitel

Meine Mutter hatte sich bei uns gut erholt. Sie hatte Heimweh und wollte zurück in ihr „Paradies". Tante Katharina und ihr Bruder, Onkel Klaus, brachten sie zurück in ihr geliebtes Reethäuschen an der Nordsee. Sie freute sich sehr. Sie erlebte noch einmal ihren Flieder und ihr Häuschen, schlief dann aber vier Wochen später einfach auf ihrer Couch ein, um nicht mehr zu erwachen. Ich vermisse sie sehr. Doch sie hat uns mit ihrem unerwarteten Tod eine schwierige Pflegesituation erspart. Ihre Herzkrankheit hatte sie eingeholt und von uns weggeholt.

Ihr Hausarzt hatte uns schon zwei bis drei Jahre zuvor erklärt, dass sie kein Methusalemalter erreichen würde. Dass es dann aber so schnell gehen würde, war schlimm für meine Schwester und mich. Wir konnten es gar nicht fassen. Die Beerdigung organisierten wir mit dem Pfarrer sehr feierlich und mit ganz vielen weißen und roten Rosen und mit allen Nachbarn und Bekannten, die meine Mutter gekannt und begleitet hatten. Ich konnte mich kaum vom Sarg trennen. Es war so endgültig. Und das Schlimme ist, je mehr Zeit vergeht, umso mehr vermisse ich sie und ertappe mich manchmal dabei, dass ich sie anrufen und mit ihr reden möchte. Die Worte unseres letzten Gesprächs miteinander werde ich nie vergessen. Sie war so sanft, wie sie vorher nie war, und freute sich sehr, mich noch einmal zu hören. Als hätte sie eine Ahnung gehabt.

Mein Schwiegervater kämpfte damals mit aller Kraft gegen eine Bakterieninfektion, er war ebenfalls sehr krank. Wir nahmen ihn zu uns, um ihn ein bisschen aufzupäppeln. Nach dem Tod meiner Schwiegermutter lebte er allein in seinem Haus und versorgte sich weitgehend selbst. Natürlich besuchten ihn mein Schwager und meine Schwägerin, wir schauten nach ihm, und auch unsere Kinder besuchten ihn ab und zu. Aber er war sehr schwach. Man konnte man ihn nicht allein lassen. Die Zeit bei uns sollte sich auf vier Monate ausdehnen, in denen er sich aber gut erholte.

In dieser Zeit holte ich Tante Anne immer mal wieder zu uns oder besuchte sie regelmäßig. Mit Frau O., der Betreuerin, hatte ich nach wie vor engen Kontakt. Das jüdische Wohnheim ließ sich gar nicht so schlecht an. Wir besuchten dort Musiknachmittage mit meiner Tante, und alles in allem beruhigte sich die Situation. Allerdings erfuhr ich, dass mein Onkel im Sterben lag, er hatte Krebs und erlag diesem Leiden nach verhältnismäßig kurzer Zeit. Frau O. nahm meine Tante mit zur Aufbahrung meines Onkels und bat mich, nicht mitzukommen. Ich war auch gar nicht böse über diese Entscheidung. Noch hatte ich etwas Vertrauen in Frau O.

Meine Tante konnte von ihrem Mann in Ruhe Abschied nehmen. Frau O. teilte uns mit, dass sich meine Kusine verbat, dass einer von uns bzw. der Familienseite meiner Tante zur Beerdigung kommt. Aber es wollte ohnehin keiner hingehen. Es war zu viel geschehen. Mein Onkel wurde lediglich von seiner Tochter und seinen Enkelkindern zu Grabe getragen.

Wie sich dann aber herausstellte, hatte er vor seinem Tod finanziell noch einiges geregelt. Denn mittlerweile hatte das Vormundschaftsgericht einen Vermögensverwalter eingeschaltet. Frau O. war dabei, als mein Onkel und meine Kusine mit dem Vermögensverwalter ihren Handel beschlossen. Danach – Frau O. zeigte mir später den Beschluss – fiel der Großteil des Vermögens an meine Kusine. Sie musste nur dann für ihre Mutter Gelder bereitstellen, wenn die Rente meiner Tante und das Restvermögen für Unterbringung und Verpflegung nicht ausreichen sollten. Als ich den Beschluss las, dachte ich: Das haben mein Onkel, meine Kusine und Notar ja gut hinbekommen! Auch der Vermögensverwalter und Frau O. hatten hier ihr Hände im Spiel. Frau O. erzählte mir das auch noch haarklein und zeigte mir die Unterlagen. Wie sicher müssen sich alle Beteiligten gewesen sein.

Man hatte mit diesem Testament meines Onkels meine Tante fast enteignet, ihr davor schon das Zuhause mit allem, was dazugehörte, weggenommen, sie ins Heim abgeschoben und nun auch noch das. Ich hatte von diesen Verhandlungen als Nichte nichts mitbekommen. Ich war auch überzeugt davon, dass dem Partner aus der gemeinsamen Zeit die Hälfte des angesammelten Vermögens zusteht. Das traf aber hier offensichtlich nicht zu.

Meine Tante hatte für alle gesorgt, war für alle da gewesen, wer war jetzt für sie da?

20. Kapitel

Aber weiter zu meiner Tante Anne und dem jüdischen Wohnheim. Es war die ganze Zeit über im Umbau gewesen. Meine Tante hatte davon nicht viel mitbekommen, sie hatte ihr schönes, großes Zimmer mit Balkon. Wenn ich so zurückdenke, war das eine verhältnismäßig friedliche, ja fast schöne Zeit mit Tante Anne. Die Heimleiterin sprach zwar immer wieder die Weinflaschen an, die man bei ihr im Zimmer fand, und auch die mangelnde Eigenhygiene. Aber wir hatten dazu eine gemeinsame, gute Idee. Wir vereinbarten, meiner Tante einen kleinen Weinvorrat anzulegen und an bestimmten Tagen ein Baderitual einzuführen. Dabei sollte sie dann ihre Badewanne mit duftendem Schaum und einem Gläschen Wein so richtig genießen lernen. Es merkten alle, die mit ihr zu tun hatten, dass sie unter der Situation nach wie vor sehr litt und immer wieder in ihr Zuhause zurück wollte. Sie konnte das Erlebte nicht verwinden. Auch einige Gespräche mit der Psychologin änderten daran nichts.

Die Heimleiterin betonte immer wieder, dass meine Tante ständig von mir sprach, und sie sich wahnsinnig freute, wenn ich sie besuchte. Aber das merkte ich ja auch, wenn ich in ihr Zimmer kam und ihr Gesicht aufleuchtete, wenn sie mich sah.

Nun war der Umbau des Heims eines Tages so weit, dass man die Bewohner nach und nach umsiedeln konnte. Kurz nach dem Umzug meiner Tante kam ich zu Besuch. Der neue Trakt war sehr schön und repräsentabel. Doch meine Tante hatte nur noch die Hälfte der Wohnfläche vom alten Zimmer und keinen Balkon mehr. Man hatte ihre verbliebenen Möbel allesamt in das wesentlich kleinere Zimmer gequetscht, und es sah alles andere als wohnlich aus. Es gab lange Gänge, einen ungemütlichen Aufenthaltsraum und eine ungemütliche Wohnküche. Ich war so entsetzt und ungehalten, dass ich sofort die Heimleiterin anrief. Sie konnte nicht gleich kommen, da der Umzug mit allen organisatorischen Begleiterscheinungen alle Zeit und Kraft von dieser Frau forderten. Das heißt, eigentlich war sie hoffnungslos überfordert. In diesem Zustand kam sie schließlich einige Zeit nach meinem Anruf in das neue Zimmer meiner Tante. Ich fragte sie noch einigermaßen ruhig, warum meine Tante ein solch kleines Zimmer bekommen hatte. Sie erklärte mir, dass sie im Neubau nur einige, wenige große Zimmer vergeben konnten, die sie den Rollstuhlfahrern und alten Menschen, die Rollwägelchen benötigten, zugeteilt hätten. Ich meinte schließlich ziemlich aufgebracht, dass das Zimmer ja dann sicherlich billiger sei als das alte, große Zimmer mit Balkon. Mir wurde erklärt, dass das wesentlich kleinere Zimmer ohne Balkon leider genauso viel kostete.

Da wurde ich zum ersten Mal wirklich böse. Das konnte ich nicht glauben, wie so vieles nicht in dieser Zeit. Die Heimleiterin war ganz erschrocken und meinte, Frau O. hätte das alles aber doch gewusst und sich die Zimmer auch vorher angesehen. Ob sie mir das denn nicht mitgeteilt und erklärt hätte. Die Heimleiterin entschuldigte sich für die unangenehme Situation und meinte, es würde sich doch sonst nichts für meine Tante ändern. Aber auch das sollte sich wieder einmal als falsch herausstellen.

Ich stellte Frau O. natürlich noch am selben Tag per Handy zur Rede. Bei diesem Gespräch war sie das erste Mal mit mir kurz angebunden und sehr schnippisch. Sie erklärte mir, was ich denn wollte, und dass daran jetzt auch nichts mehr zu ändern sei. Ich merkte zum ersten Mal mit voller Wucht, dass die gerichtliche Betreuung wohl sehr viel Macht hatte, und die Familie, vor allem ich als Nichte, nicht viel dagegen ausrichten konnte. Ich wurde das erste Mal richtig misstrauisch. Dazu kam, dass Frau O. mir öfter erklärte, dass irgendwelche Bekannte von ihr mit meiner Tante zwei- bis dreimal pro Woche „gassi" gingen, damit sie nicht so allein sei. Das wurde dann über Frau O. abgerechnet. Diese Gelder für angebliche Spaziergänge und Betreuungen wurden vom Vermögensverwalter nach Vorlage der „Rechnungen" natürlich vom Konto meiner Tante auf das Konto von Frau O. überwiesen.

Ich kam regelmäßig mindestens einmal pro Woche zu Besuch, allerdings nicht immer am selben Tag und auch nicht immer zur selben Zeit. Gesehen habe ich niemanden, der mit meiner Tante angeblich „gassi" ging. Außer Frau Meinel war in dieser Zeit selten jemand zu Besuch. Und auch Frau Meinel kam nicht oft.

Meine Tante kam mit dem Umzug und der neuen Umgebung gar nicht zurecht. Sie lief immer öfter weg und musste von der Polizei zurückgebracht werden. Sie verwahrloste in dem neuen Zimmer zusehends und weinte immer häufiger. So kam ich auf die Idee, bei meinem nächsten Besuch mit Tante Anne bummeln zu gehen und ihr dabei mal wieder etwas Schickes zum Anziehen zu kaufen. Sie hatte ohnehin nur noch alte, unmodische Kleidung an. Frau O. war davon ganz angetan und versprach mir, 200 oder 300 Euro vom Vermögensverwalter zu erbitten. Ich betone: Sie musste es erbitten vom verbliebenen Geld meiner Tante. Gesagt, getan. Eine Woche später war es so weit. Frau O. war auch da und hatte mit mir zusammen sogar 500 Euro an der Kasse im jüdischen Wohnheim abgehoben, das der Vermögensverwalter für meine Tante bereitgestellt hatte. Dazu war sie offensichtlich berechtigt, ich war ganz erstaunt darüber. Davon gab sie mir genau 150 Euro zum Kauf der Kleidung für Tante Anne. Die anderen Scheine steckte Frau O. mit einem Grinsen in ihre Tasche und meinte, sie hätte sehr viel Auslagen für Tante Anne gehabt, und die 150 Euro würden uns sicherlich ausreichen. Ich sagte nichts, auch heute noch würde mir zu dieser Unverschämtheit nichts einfallen.

Wir gingen bummeln, ich wollte uns den Tag nicht vermiesen. Der Vorfall ging mir aber nicht aus dem Kopf. Was wurde hier gespielt?

In der Folgezeit versuchte ich, mit Frau O. weiterhin einen guten Kontakt zu pflegen. Sie durfte nicht merken, dass ich so misstrauisch geworden war. Ich hatte Angst, den Kontakt zu meiner Tante zu verlieren. Ich dachte, dann kann ich ihr gar nicht mehr helfen. Das kostete viel Kraft. Peter musste mich öfters trösten. Wir waren hilflos und ohnmächtig.

Meine Tante lief oft weg und verwahrloste zusehends. Ihre Schränke waren ein einziges Chaos, und auch die Heimleiterin hatte das nicht mehr im Griff.

Daher kamen wir alle auf die Idee, für meine Tante eine andere Möglichkeit der Betreuung zu suchen. Ich regte das bei Frau O. an. Einige Tage nach dem Gespräch darüber besuchte sie mich sogar zu

Hause und erklärte, dass sie eine Wohngemeinschaft in einem anderen Stadtteil gefunden hätte, die wir uns gerne zusammen ansehen könnten.

Gott sei Dank unterstützte Peter mich weiterhin und riet mir dringend mitzufahren. Er musste in den Zeiten, in denen ich weg war, immer allein im Büro die Stellung halten. Und wenn viel zu tun war, war unser Organisationstalent natürlich sehr gefragt. Er beklagte sich jedoch nie. Ich hatte manchmal ein schlechtes Gewissen. Aber Tante Anne konnte ich doch auch nicht ganz allein lassen.

21. Kapitel

Frau O. und ich schauten uns also die Wohngemeinschaft an. Es war alles sehr schön dort – mit alten Möbeln und Betreuern, die sich offensichtlich wirklich um die Bewohner kümmerten. Doch es noch kein eigenes Zimmer für meine Tante. Man hatte schon ein Bett in einen mit einem Paravent abgeteilten Flur gestellt und für Tante Anne eine kleine Kommode frei geräumt. Die Leiterin der WG erklärte mir, dass eine Dame in einem Zimmer im Sterben lag und dieses Zimmer dann für meine Tante zur Verfügung gestellt würde.

Man wartete förmlich darauf, dass ein Mensch starb. Ich fragte Frau O., ob meine Tante denn dann weniger bezahlen müsste, aber dem war nicht so. Die Leiterin erklärte mir, dass die Betreuung sehr aufwändig sei, ob mit oder ohne eigenes Zimmer. Die Bewohner der WG hielten sich ohnehin meistens im Wohnzimmer auf. Sie waren alle sehr verwirrt. Meine Tante aber auch. Sie freute sich immer noch, wenn ich kam, aber ihre Demenz verschlimmerte sich zusehends. Sie konnte nicht mehr weglaufen. Die Leiterin nahm sie oft mit zum Einkaufen oder um Besorgungen zu machen, weil sie erkannte, dass meine Tante sehr unruhig war und immer wegwollte.

Zuerst dachte ich, alles wird nun endlich gut. Die WG kostete das Dreifache im Vergleich zum jüdischen Wohnheim, aber ich ging davon aus, dass meine Tante noch finanzielle Mittel zur Verfügung hatte. Ansonsten musste meine Kusine mit dem Erbe meines Onkels einspringen. Mir war nur wichtig, dass meine Tante gut versorgt war und vielleicht noch ein bisschen Freude erleben durfte.

Das Eigenartige war, dass ich Frau O. kaum noch sah. Wir telefonierten aber noch öfters. Ich erfuhr, dass nach wie vor angebliche Bekannte von ihr mit meiner Tante spazieren gingen. Egal, an welchem Tag ich zu Besuch kam – ich sah nie jemanden, der meine Tante begleitete.

Ich war zwar misstrauisch, konnte zu diesem Zeitpunkt aber nichts ändern. Bei einem Besuch mit meiner Schwester – meine

Tante war vielleicht fünf oder sechs Monate in der WG – bemerkten wir, dass Tante Anne ihre beiden Halsketten und ihren Ehering nicht mehr trug. Sie wusste natürlich nicht, wo ihr Schmuck war, und meinte nur, der würde zu Hause liegen. In der WG war ihr Schmuck nicht zu finden. Die Leiterin war an diesem Tag leider nicht da, und die anderen Betreuer wussten auch keinen Rat. So rief ich Frau O. an. Sie meinte, meine Kusine wäre wohl da gewesen und hätte den Schmuck mitgenommen.

Eine Woche später – meine Schwester begleitete mich wieder – stellten wir fest, dass meine Tante offensichtlich nicht genug getrunken hatte. Es war ein sehr heißer Tag, deshalb gingen wir Eis essen. Meine Tante war regelrecht ausgetrocknet. Man konnte die Haut an ihrer Hand zwischen die Finger nehmen, die Haut ging nur ganz langsam zurück. Außerdem hatte meine Tante sehr abgenommen und sah sehr schlecht und total verwirrt aus. Es fiel an diesem Tag so richtig auf, dass sich ihr Zustand verschlechterte. Ich redete mit der Betreuerin in der WG. Sie meinte, die Bewohner bekämen genug zu trinken hingestellt. Das stimmte ja auch, aber ich bemerkte, dass keiner wirklich darauf achtete, dass das, was hingestellt wurde, auch getrunken wurde. Meine Schwester, die Krankenschwester war, meinte, dass wir dringend etwas unternehmen mussten.

22. Kapitel

Peter musste in dieser Zeit viel aushalten, was mich betraf. Ich musste immer wieder weinen, wenn ich an meine Tante dachte. Nachts träumte ich heftig und schlief schlecht.

So kam ich auf die Idee, meiner Tante bei uns in der Nähe eine kleine Wohnung zu suchen. Dann könnte ich sie, natürlich mit Hilfestellung, betreuen und jeden Tag besuchen. Frau O., der ich meine Idee telefonisch mitteilte, fand die Idee gar nicht schlecht. Ich musste meine Tante befreien. Meine Schwester, Katharina und natürlich Peter bestärkten mich in diesem Vorhaben.

Wir bekamen von Frau O. und dem Vermögensverwalter die Erlaubnis, eine kleine Miet-wohnung zu suchen. Wir fanden auch ganz schnell etwas über einen Immobilienmakler und ganz in der Nähe von uns. Nun mussten alle Abwicklungen noch intensiver als vorher ständig mit Frau O. abgesprochen werden. Sie sprach sich wiederum mit dem Vermögensverwalter ab. Es mussten Gelder für den Makler und auch für Möbel und dergleichen freigegeben werden.

Der Mietvertrag ging mit dem Vermieter und dem Makler reibungslos über die Bühne, obwohl wir dem Vermieter vom Zustand meiner Tante ehrlich berichteten. Aber er sah wohl unser Engagement, ein bisschen leid taten wir ihm wohl auch, und so unterschrieb er mit. Jetzt ging es ans Möbelaussuchen, so teuer durfte alles nicht werden. Aber der Vermögensverwalter gab uns telefonisch über das Handy von Frau O. grünes Licht bis zu einem gewissen Betrag, den sie auf ihr Konto bekam. Peter und ich hörten bei diesem Gespräch mit. Wir freuten uns über diese Zusage und hofften, dass nun endlich alles ein gutes Ende nehmen würde und meine Tante wieder ein eigenes Zuhause bekommen konnte.

Ich wusste zu diesem Zeitpunkt schon, dass Frau O. des Öfteren finanzielle Schwierigkeiten hatte, vertraute aber immer noch, dass wir wenigstens über den Vermögensverwalter alles regeln könnten.

Wir gingen mit meiner Tante einkaufen und fanden auch zu guten Preisen einen Tisch, Stühle, eine kleine Couch, einen kleinen Teppich und ähnliches für weniger Geld, als uns zugesagt war. Ich weiß diese Beträge nicht mehr genau, aber es ging schon um circa 3000 Euro. Da das Geld angeblich noch nicht auf dem Konto von Frau O. war, legte mein Peter in seiner Gutmütigkeit die Summe aus. Es brauchte nachher Wochen und regelrechte Drohungen mit dem Anwalt, bis er sein Geld wiedersah.

Es existierte ein merkwürdiges Einverständnis zwischen dem Vermögensverwalter und Frau O. Wir wollten das jetzt für meine Tante durchziehen, und so machten wir gute Miene zu diesem bösen Spiel.

Unterdessen hatten wir die Möbel mit Tante Anne aufgebaut, manchmal bis in die Nacht, da wir ja auch noch unser Büro und unsere Kunden zu betreuen hatten. Zusätzlich hatten wir mit dem schriftlichen Einverständnis des Vermögensverwalters eine Betreuerin aus Osteuropa gefunden – allerdings illegal –, die meine Tante für entsprechende Entlohnung versorgen und betreuen sollte.

Die junge Frau hatte ein kleines Kind und ihre ganze Familie zu Hause und war im Umgang mit verwirrten Menschen sehr unerfahren. Schon nach kurzer Zeit hatte sie so schweres Heimweh, dass sie nur noch weinte und ständig mit meiner Tante bei uns war. Zudem bekam der Vermögensverwalter mit Frau O. zusammen kalte Füße, da diese Form der Betreuung nicht legal war. Ich hatte daraus von Anfang an kein Geheimnis gemacht, da ja eine Betreuung schnell gebraucht wurde. Außerdem hatte ich die schriftliche Zusage des Vermögensverwalters, es so zu versuchen. Er gab mir dennoch den telefonischen Auftrag, für eine legale Lösung zu sorgen, da es sonst zu rechtlichen Konflikten kommen könnte. Ich verstand seine Argumente. Doch das Ganze war mit viel Organisation verbunden, mit Telefonaten und Gesprächen und viel Zeit, die für mich einfach knapp bemessen war. Es überforderte uns.

Über unsere Altenbetreuung im Ort bekam ich die Telefonnummer einer Gesellschaft, die völlig legal mit richtiger Anmeldung Betreuungspersonal vermitteln konnte. Ich freute mich sehr, da die junge Frau so starkes Heimweh hatte, dass wir sie nach Hause schicken mussten.

Mittlerweile hatten wir meine Tante Katharina gebeten, uns bei der Betreuung von Tante Anne zu helfen. Wir schauten natürlich ständig nach ihr, waren aber damit Tag und Nacht überfordert. Gott sei Dank kam Tante Katharina ohne viel zu fragen und nahm ihre Schwester bei der Hand. Wir dachten, dass wir nur ein paar Tage überbrücken mussten, da wir damit rechneten, schnell eine legale Betreuung für unsere Tante zu bekommen. Dazu hatten wir alle Hebel in Bewegung gesetzt.

23. Kapitel

Alles, was wir unternahmen, um meiner Tante trotz Demenz wieder ein einigermaßen menschenwürdiges Leben zu geben, sie wieder fröhlich und umsorgt zu wissen, scheiterte an der Gerichtsbarkeit.

Da wir schon die ganze Zeit misstrauisch waren, baten wir unseren Anwalt um Rat, der uns auch all die Jahre schon geschäftlich betreut hatte. Er riet uns, eine Erklärung meiner Tante einzuholen, dass sie zukünftig von uns betreut werden möchte: Es gibt einen Passus im großen Gesetzbuch (Palandt), der eine gerichtliche Betreuung außer Kraft setzt, wenn sich nahe Verwandte zur Betreuung bereit erklären. Aber, er meinte auch, dass er sich selbst ein Bild über den Zustand meiner Tante machen wollte. Eine Erklärung meiner Tante habe nur dann Gültigkeit, wenn sie einigermaßen verstehe, um was es in ihrer Erklärung gehe. Wir vereinbarten also einen Termin bei ihm mit meiner Tante. An diesem Tag war Tante Anne gut beieinander. Unser Anwalt verstand es hervorragend, auf sie einzugehen. So kam die Erklärung zustande, dass meine Tante wirklich von uns betreut werden wollte. Auch wir wollten diese schwere Verantwortung auf uns nehmen. Wir mussten dazu gar nicht lange überlegen, denn es konnte unserer Meinung nach nur besser werden.

Meine Tante sagte damals, dass sie das Gefühl hätte, dass wir uns voneinander entfernen. Ich sah das eigentlich nicht so, aber wie recht sie hatte, habe ich erst viel später verstanden. Es berührt mich heute noch eigenartig, dass meine so verwirrte Tante Anne eine solche Vorahnung haben konnte.

Frau O. erklärte uns am nächsten Tag, dass sie eine professionelle Betreuung hätte. Die Leiterin dieses Unternehmens hatte einen Ehemann aus Afrika, der in der Betreuung mitarbeitete. Auch der Ehemann von Frau O. war afrikanischer Abstammung. Wir haben nichts gegen Menschen anderer Kultur, ganz im Gegenteil. Aber das war unserem Eindruck nach ein merkwürdiger Zufall. Diese Betreuung sollte tatsächlich noch am selben Tag einsetzen. Ich erklärte ihr ziemlich aufgebracht, dass das nicht nötig sei, da ich ja eine gesetzlich erlaubte Betreuung angekurbelt hatte, die ein paar Tage später anfangen sollte.

24. Kapitel

Frau O. hörte mir gar nicht zu und forderte zusätzlich die Schlüssel zur Wohnung von uns, die ich ihr natürlich nicht gab. Gott sei Dank war Peter bei uns, denn Frau O. wollte sich mit Gewalt Zutritt zur Wohnung verschaffen. Das vorherige Gespräch hatte sich vor der Wohnungstür von Tante Anne abgespielt. Deshalb meinte sie, sie könnte einfach an uns vorbei in die Wohnung gehen. Das konnten wir nun wirklich nicht zulassen. Peter stellte sich deshalb in die Tür und versperrte ihr den Eingang. Unglaublich, aber sie nahm Anlauf und prallte mit ihrem ganzen wuchtigen Körper gegen Peter, der sich an der Türfüllung festhielt. Ich war entsetzt und voller Angst um Peter. Was sich da abspielte, war erschreckend und richtig schlimm. Wutschnaubend ging Frau O. dann doch. Ihr war bewusst, dass sie im Moment gegen Peter und uns nichts ausrichten konnte.

Nachdem wir uns wieder etwas beruhigt hatten, baten wir Tante Katharina, die Tür nicht zu öffnen, wenn es klingelt, da ich befürchtete, dass Frau O. noch einmal mit Gewalt Einlass fordern würde.

Aber die Situation eskalierte noch mehr. Peter und ich wollten das Haus verlassen, als zwei Polizisten vor uns standen und die Personalien von Peter erfassen wollten. Frau O. stand triumphierend daneben. Es war nicht zu glauben. Sie hatte den Polizisten angegeben, dass Peter sie tätlich angegriffen hätte. Peter blieb ganz ruhig und gab seine Personalien an. Ich rief zu Frau O. herüber, dass sie das Schmutzigste sei, was mir je unter die Augen gekommen sei, und dass ich sie anzeigen würde. Das konnte ich mir nicht verkneifen.

Nach diesem Vorfall suchten wir sofort unseren Anwalt auf, der uns zuerst einmal beruhigte und sagte, dass man solche Situationen meiden sollte. Wie recht er hatte! Wir waren auf solche Auseinandersetzungen nicht erpicht. Aber es war nicht zu ändern. Übrigens hatte das Ganze für Peter kein Nachspiel, aber mir wurde bewusst, dass ich solche Eskalationen nicht mehr zulassen durfte.

Peter und ich hatten auch noch unser eigenes Leben und Verantwortung für unsere Kinder. So ging das nicht weiter.

Frau O. brachte es dann aber fertig, einen sofortigen Ortstermin anzuberaumen mit dem Familienrichter, der „professionellen" Betreuung, dem Vermögensverwalter und unserem Anwalt.

Der entscheidende Tag war ein Mittwoch. Morgens klingelte es bei uns, und Tante Katharina stand weinend vor der Tür. Frau O. hatte an der Wohnung meiner Tante Anne geklingelt, Tante Katharina war gerade im Schlafzimmer, als Tante Anne die von innen verschlossene Tür freundlich öffnete. Tante Katharina konnte nicht mehr schnell genug reagieren, da war es auch schon passiert, was besser nicht passiert wäre. Eine andere Dame und Frau O. nahmen Tante Anne einfach mit. Sie wurde den ganzen Tag nicht zurückgebracht. Auch die Wohnungsschlüssel waren weg. Tante Katharina fuhr schließlich fix und fertig nach Hause.

An diesem Abend sollte auch der Ortstermin stattfinden. Wir gingen sehr bedrückt in die Wohnung von Tante Anne. Es waren schon alle dort versammelt. Wir setzten uns an den großen Tisch, und dann ging das Schlimmste los, was ich außer dem Tod meines Bruders je erlebt habe.

Der Vormundschaftsrichter begann eine regelrechte Vorführung meiner Tante, die merkwürdigerweise sehr, sehr verwirrt war an diesem wichtigen Abend. So hatte ich sie noch nie erlebt. Der Richter wollte von ihr das Geburtsdatum und ihren Wohnort wissen, welcher Tag heute sei und ähnliches. Das waren alles Daten, die sie nicht mehr wusste, und sie wurde immer konfuser. Sie wusste nicht einmal mehr, wer Peter und ich waren. Sie wusste nur noch, dass sie uns schon lange kannte. Mein Herz wurde ganz klein und verzagt angesichts der ganze Mühe, der Aufregung mit der jungen, illegalen Betreuerin, des Vorfalls mit den Polizisten. Hinzu kam die stete Sorge, dass es mit der Betreuung nicht klappen und alles umsonst sein konnte.

Der Richter stellte fest, dass wir die Betreuung mit einer illegalen Frau aus Osteuropa nicht hinbekommen hätten. Ab jetzt würde die

„professionelle" Betreuung einsetzen, die allerdings im Monat circa 10.000 Euro kostete. Der Richter bot eine Teilbetreuung für die Gesundheitsfürsorge meiner Tante an. Ich war so durcheinander, dass ich zuerst zustimmte. Ich wollte in dem ganzen Wirrwarr Zeit gewinnen. Sogar unseren Anwalt rügte der Familienrichter, weil er die Vorsorgevollmacht von Tante Anne erstellt hatte. Unser Anwalt war fast sprachlos und sehr entsetzt. Er meinte nur etwas ironisch, dass Tante Anne bei ihm in der Kanzlei nicht in dieser wirren Verfassung war. Aber auch er konnte das Blatt nicht mehr wenden. Wir waren hilflos und ausgeliefert.

An diesem Abend habe ich Tante Anne das letzte Mal in die Arme genommen. Sie war ganz fahrig und nervös. Ich werde diesen Abend nie vergessen.

25. Kapitel

Die Gesundheitsbetreuung war, wie vermutet, eine Farce. Tante Anne war zu den verabredeten Terminen einfach nicht mehr da. Sie war nicht mehr von uns zu erreichen.

In meiner Verzweiflung machte ich einen Termin mit unserem Anwalt. Er war ganz lieb, als ich ihm die Tage nach dem Ortstermin schilderte. Er verstand auch nicht, dass ich bei dem Ortstermin nicht die alleinige Betreuung gefordert hatte. Aber er verstand auch, dass die ganze Situation sehr verfahren war. Er riet mir schließlich als Anwalt und auch ein bisschen als Freund, die Gesundheitsbetreuung schriftlich und sofort abzulehnen. Ich sollte doch an meinen Peter, meine Kinder und auch an mich denken. Ich war so fix und fertig, wie sich das niemand vorstellen kann.

Tante Anne war der gerichtlichen Betreuung ausgeliefert, und wir konnten nichts mehr tun. Ich hörte sie ständig „Schnuckeline" rufen und weinte bittere Tränen. Peter konnte mich kaum beruhigen. Aber nach ein paar Tagen Nachdenken gab ich immer mehr unserem Anwalt recht und wollte Peter und mich auch nicht mehr diesen Machtkämpfen des Vormundschaftsgerichts ausliefern.

Die Kraft war weg, die Luft raus und nichts ging mehr. Immer und immer wieder kamen wir beide in Gesprächen auf Tante Anne. Auch Telefonate mit meiner Schwester und Tante Katharina führten dazu, dass ich schließlich die Gesundheitsbetreuung schriftlich ablehnte, immer noch verzweifelt war, aber versuchte, mit Peter zusammen wieder nach vorne zu schauen und loszulassen.

Innerlich war ich aber noch sehr lange Zeit wie erstarrt, dass solche Dinge in unserem Staat geschehen können.

So fing ich langsam an dieses Buch zu schreiben. Es war nicht leicht, aber es half ein bisschen, diese schlimme Zeit zu verarbeiten. Ich weiß heute noch nicht, wo Tante Anne ist und ob sie überhaupt noch lebt. Oft schicke ich ein Gebet, in der Hoffnung, dass es ihr gut geht. Im Ohr habe ich heute noch ihr „Schnuckeline" und vermisse sie immer noch sehr. Tante Katharina hat sich nach einiger Zeit die Mühe gemacht, in allen Alten- und Pflegeheimen der Umgebung anzurufen. Aber überall war die Auskunft negativ. Was sollten wir jetzt auch nach all dieser Zeit noch tun, wenn sie uns überhaupt noch erkennen würde? Ich habe von unserem Anwalt im Nachhinein erfahren, dass ich meine Tante kraft einer Verfügung vom Familienrichter und Frau O. nicht mehr besuchen darf. Die Adresse meiner Tante haben sie auch ihm nicht genannt.

Meinem Peter musste ich nach einiger Zeit, nach schweren Gedanken und vielen Tränen versprechen, wieder ein bisschen fröhlicher zu sein, denn die Zeit ging auch an ihm nicht spurlos vorbei. Unser Leben ging weiter, und ich musste wirklich wieder an uns und unsere Kinder, ja die ganze Familie denken. Aber die Fragen werden bleiben und wir stellen sie uns oft, wir, Peter, Meine Schwester, Tante Katharina und ich: Wie geht es Tante Anne? Und lebt sie noch?

Nachwort

Natürlich gibt es viele Menschen, die liebevoll zu Hause und auch in Heimen gepflegt werden. Von diesen Fällen spreche ich nicht und habe alle Achtung vor den Schwestern, Töchtern, Söhnen und Pflegekräften, die sich dieser aufopfernden Aufgabe stellen und ihr versuchen liebevoll gerecht zu werden, ich betone liebevoll und mit Würde, Achtung und Anstand.

Mit welchem Recht kann ein Mensch, der unter Demenz leidet, ein Mensch, der vergisst, so ohne Achtung und Würde behandelt werden? Wir haben doch alle Grundrechte, oder? Meine Tante wurde von drei Personen weggeschlossen, enteignet und damit psychisch und körperlich kaputt gemacht. Sie hatte keine Rechte mehr.

Auch das Vormundschaftsgericht und die Betreuer hielten während der ganzen Zeit offensichtlich alle Augen zu, obwohl der Richter doch richtig erkannte, dass Tante Anne beschützt werden musste. Deshalb kam ja auch die Begründung des Vormundschaftsgerichts für den Einsatz einer gerichtlichen Betreuung zustande. Sieht Beschützen so aus? Es ist offensichtlich, dass es hier jedem nur noch um den eigenen Vorteil ging.

Warum wurde der ganze Apparat und die „Ersatzbetreuerin" erst richtig aktiv, als ihr bekannt wurde, dass Vermögen vorhanden war? Wie sahen die Aktivitäten denn aus? Unter dem Deckmantel der Fürsorge und Betreuung wurde belogen, betrogen. Familienmitglieder wurden gegeneinander ausgespielt.

Trotz all unserer Versuche, die Missstände aufzuzeigen und zu beheben, wurde nichts unternommen. Alle Telefonate, stundenlange Gespräche und Anstrengungen wurden so zur Farce und waren umsonst. Auch der Antrag der Betreuung durch unseren Anwalt und Notar wurde regelrecht niedergeschmettert, trotz BGB und Gesetz.

All diese Fragen und noch viele mehr werde ich mir mein ganzes restliches Leben stellen.

Mein Mann und ich haben nach all dem Erlebten von unserem Anwalt für uns eine Vorsorge-Vollmacht erstellen lassen, die eine gerichtliche Betreuung ausschließt. Ich kann nur jedem Menschen dazu raten. Denn ich erlebe immer wieder, dass gerichtliche Betreuungen von Krankenhäusern, Ärzten und dergleichen sehr schnell eingeleitet werden. Die Familie selbst hat damit keine Rechte mehr.

Natürlich gibt es Fälle, in denen eine gerichtliche Betreuung sinnvoll ist. Dann, wenn zum Beispiel der verwirrte Mensch keine Angehörigen mehr hat und sich nicht mehr selbst vorstehen kann. Oder wenn Familie sich gar nicht kümmern will oder nicht kann. Wäre es dann nicht sinnvoll, die richtigen Schritte zur Betreuung verantwortungsbewusst, mit Achtung und einer ethischen Grundhaltung rechtzeitig für den einzelnen Menschen zu finden?